나는 행복한 경비원입니다

나는 행복한 경비원입니다

펴 낸 날   2022년 07월 04일

지 은 이   장두식
펴 낸 이   이기성
편집팀장   이윤숙
기획편집   서해주, 윤가영, 이지희
표지디자인   서해주
책임마케팅   강보현, 김성욱
펴 낸 곳   도서출판 생각나눔
출판등록   제 2018-000288호
주   소   서울 잔다리로7안길 22, 태성빌딩 3층
전   화   02-325-5100
팩   스   02-325-5101
홈페이지   www.생각나눔.kr
이 메 일   bookmain@think-book.com

• 책값은 표지 뒷면에 표기되어 있습니다.
  ISBN 979-11-7048-288-8 (03810)

장두식 지음

나는 행복한 경비원입니다

생각나눔

프롤로그

점차 고령화되어가는 사회에서 노년층의 새로운 일터로 '아파트 경비원'이 각광받고 있다. 예전에도 경비원이 있기는 있었지만 그때는 정말 나이 많은 할아버지들을 떠올렸고, 지금은 하나의 전문 직종으로 그 시대와 같은 나이라도 훨씬 젊어진 젊은 층이라 할 수 있다. 사실 예전의 할아버지는 현재의 우리들인데 그만큼 고령시대에 접어들고 초고령시대로 달려가기에 단지 지금 세대가 젊어 보이는 착각 속에 이 순간에도 많은 노년층이 경비원을 하려고 이력서를 들고 모집하는 곳을 여기저기 쫓아다니고 있는 현실이다. 줄어드는 일자리 속에서 경비원은 아파트나 상가, 복합건물, 공장, 건설 현장, 학교 등에서 일을 할 수 있다는 희망이 있는 곳이기도 하다. 많은 업무를 해결하면서 이웃들과 교류하는 우리 주위의 아파트 지킴이 보안관 경비 아저씨들, 젊어서 보았던 경비 할아버지를 내가 하게 될 줄은 그 당시 생각도 못 했던 직업이었다.

2014년부터 경로당과 요양원에 다니면서 노래와 악기 연주로 봉사를 하며 내가 사는 고양시와 파주시, 김포시를 넘나들며 다니기를 햇수로 6년. 갑자기 찾아온 '코로나19'로 모든 것이 중단되었지만, 금방 바이러스 퇴치하고 곧 정상적인 생활로 돌아갈 줄 알았는데 웬걸, 점점 시간이 가면서도 장기화되는 바람에 집 안에서 놀 수 없어 요양보호사 일도 했지만 무리하여 허리를 다치는 바람에 경비직을 선택하여 오늘에 이르렀다.

경비원이라는 직업은 어찌 보면 어려운 직업일 수도 있겠지만, 이 책은 읽는 분들에게는 재미도 드리고, 실제 몸으로 부딪친 일을 생생하게 전달하고, 주위에서 실제 주민들의 갑질에 많은 경비원이 좌절을 느끼고 극단적인 선택을 하거나 부상을 당하는 어려움 속에 인격적으로 행동할 수 있게 도움을 드리고자 3마리 토끼를 다 잡는 지침서가 될 것이라 믿으며, 많은 분의 응원에 보답하려고 하는 마음에 펜을 잡았다.

60세 넘어 에세이 분야에 관심을 갖고 직접 몸으로 경험한 일들을 차례차례 5권의 에세이 책을 출간했다(1. 『노래하는 인생』, 2. 『건강과 행복을 지키는 요양보호사』, 3. 『언제나 청춘으로 살기』, 4. 『스피치를 잘하기 위한 이런저런 상식 이야기』, 5. 『나의 인생 노트』). 이번 6번째 책에서는 과연 경비라는 직업이 어떠한지 나름대로 해석하여 색다른 감정으로 많은 사연을 이야기하기 위해 펜을 들기 시작했다. 보통 일반 경비원의 업무 범위는 개인이 가진 재산을 보호해 주며, 혹시라도 사고로 인하여 인명피해가 발생할 수 있는 것들을 막아주는 역할과 모든 위험 요소를 방지하고 주민들의 불편한 점을 해결해 줄 수 있도록 적극적인 사고방식으로 대처해야 한다.

또한, 사회적인 현상에 대한 단순한 전달이 아닌 신선한 해석을 통해 사회 주요 트렌드를 반영하는 이슈를 소재로 깊이 있는 접근을 통해, 이 책을 보시는 분들이 생각을 할 수 있는 여백을 제공한다. 현실을 뛰어넘어 새로운 가치를 만나나 법과 관련한 이야기가 있어 다소 딱딱한 부분이 있을 수 있으나 그냥 가벼운 마음으로 나는 이야기하고 싶다.

　이 책은 경비원의 입장에서 수년간 근무하면서 다른 환경의 아파트 근무지를 여러 군데 옮겨 다니며 현재 근무하는 곳에 7번째 만에 정착하기까지 다양한 우리 경비원의 일과를 자세히 기록하고, 어려운 일이나 보람 있던 일, 생각하게 하는 점 등을 나름 여러 각도에서 예리하게 파헤쳐 모두가 즐겁게 공동생활을 하는 데 참고가 되어 앞으로 경비를 시작하려고 하는 분이나 경비 일을 하는 분, 관련된 분들이 보시면 도움이 되지 않을까 고심하며 한 줄 한 줄 써내려 갔다. 시작하니 할 이야기도 많고, 내가 직접 체험한 것들을 모으니 어느덧 한 권의 책으로 마무리됨을 기쁘게 생각하며, 많이 부족한 부분을 일깨워주고 드디어 바깥세상에 병아리가 알을 깨고 나오듯이 함께해 주신 생각나눔 편집자분들에게도 심심한 감사의 말씀을 드린다.

제2장 | 경비원의 시작과 업무 숙지

제3장 | 경비원의 권태기 지금부터가 고비

제4장 I 경비원들의 사건과 사고의 사례

제5장 | 주민들에게 미담으로 들려오는 경비원들의 이야기

제6장 | 게시판의 알림 글

제1장
경비원의 첫 출발

이제 설레는 경비원 시작이다

....

　내 나이 60세부터 시작한 음악으로 여러 해 동안 여러 지역을 다니면서 행사와 공연, 봉사를 모토로 활동하던 중 갑자기 찾아온 코로나 19, 그래서 잠시 중단하고 경비원을 잠시 해보려고 했는데 금방 지나갈 줄 알았는데 몇 년간을 전쟁으로 보내다시피 했다. 처음부터 경비원 생활을 하면서 메모를 하던 메모장을 꺼내 들고 몇 년 전의 과거로 돌아가 경비원의 문턱을 두드렸다.

　경비로 취업하려면 받아야 할 교육이 있다. 바로 경비원 신임교육으로 교육비를 내고 하루 8시간씩 총 3일간 100% 출석하고 마지막 날 시험을 치르는 데 수업에 집중하고 충실히 들으면 평가점수 60점 이상으로 다 합격하고 교육 수료증을 받는다.

　교육장에 온 사람들을 보니까 오랫동안의 경기의 부진으로 사업에 실패하거나 직장에서 나온 많은 사람들, 그 틈에 나도 끼워서 교육을 받았다. 그런데 교육을 끝내고 수료증을 받고 경비원으로 취업을 해야 하는데, 수료증만 받고 3년 동안 취업을 안 하면 그 수료증이 무효가 된다고 한다. 그러니 딴 수료증과는 달리 바로 취업을 하기 위한 수료증이다. 나중에 또는 3년 후에 취업한다면 그때는 교육을 다시 받아야 한다.

　그리고 바로 취업을 하더라도 교육 수료증은 여러 장 복사해서 보관하는 것이 좋다.

왜냐하면, 갑자기 교육장이 없어지거나 이사 갈 경우에는 재발급받으려고 찾아가는 시간 걸리고, 힘이 들 수도 있다.

내가 사는 지역이 고양시 일산인데 아파트가 어찌나 많은지 경비원 숫자도 많을 것이다.

내 나이가 경비를 할 만큼 적정한 나이인가? 생각도 해보았지만 달리 취업할 곳도 없어 고민하다 결정을 내리고 첫발을 내디뎠다.

우리나라 55세~79세 고령층 인구 1,427만 명(2021년 통계) 가운데 세 명 중 두 명은 생활비를 벌기 위해 75세까지 일하기를 희망하는 것으로 나타났다. 하지만 바람과 달리 고령층 취업은 점점 어려워지고 있다. 그래도 나이 먹고 인정받는 직업은 경비원이라고 생각한다.

불우한 노후 때문에 더 많은 고령층이 재취업 전선에 뛰어들고 있지만, 현실은 녹록지 않다.

경비원이 되려면 받는 교육이 있다

일반 경비원 신임교육은 앞에서도 거론했지만, 만 18세 이상이라면 누구나 남녀 상관없이 개인이 신청할 수 있다. 내가 교육을 받을 때는 거의 40대 이상이고, 간혹 여성도 있고 2~30대도 보였다. 그런데 신임교육이 면제되는 사람도 있는데 경찰공무원, 부사관 이상 군 전역자, 경호공무원 또는 별정직 공무원으로 근무한 경력이 있거나 3년 이내에 경찰청의 배치 폐지 신고 이력이 있다면 신임교육이 면제된다고 하고 의경(의무경찰)은 제외된다.

그런데 만약 교육을 받고 경비 일을 3년간 안 하고 있다가 3년 넘어 경비 일을 시작한다면 새롭게 신임교육을 받아야 한다. 혹시 궁금한 점이 있다면 직접 일반 경비원 신임교육기관에 알아봐야 한다. 신임경비 재교육이 필요 없는 경우는 이수증을 받고 3년 이내로 경비직에서 근무를 지속하고 있는 분은 3년 이상 계속 넘어도 재교육이 필요 없다. 근무연수와 함께 경비교육 이수증의 효력이(유효기간) 계속 연장되기 때문이다.

경비 신임교육이 끝나면 여기서 중요한 것은 바로 이수증을 받는데 그 이수증을 여러 장 복사하여 집에서 여러 군데 분산하여 보관한다. 그것은 경비원으로 근무하다 다른 곳으로 이직할 때마다 그 이수증이 필요한데, 이수증을 찾지 못해 어려움을 겪는 사람을 많이 보았다.

그 이수증이 필요할 때마다 집에서 찾지 못해 전에 교육을 받은 곳을 쫓아다니곤 하는데, 만약 그 교육장이 이사 갔거나 만에 하나라도 가정하여 없어지는 경우에는 난감한 일을 겪는다.

그래서 경비원을 오래 하려고 하는 분은 혹시라도 그런 경우에 대비해서 꼭 잘 챙겨야 시간과 돈을 절약할 수 있다.

경비지도사란 직업도 있는데, 이 직종은 경비원을 지도 감독 및 교육하는 자를 말하며, 일반 경비지도사와 기계 경비지도사로 구분한다.

일반 경비지도사는 시설경비업무, 호송경비업무, 신변보호업무, 특수경비업무를 수행하는 경비원을 지도·감독한다.

기계 경비지도사는 시험 난이도가 높다 보니 응시자가 적은 편이다.

여러 경로로 취업을 위한 면접을 받을 때 주의사항

면접 보기 위한 장소로 갈 때는 시간을 여유 있게 잡아 미리 가서 기다리며, 복장도 깔끔히 하고 수수하게 일단 이력서는 제 나이를 정확히 기재하고(한국전쟁 즈음에는 나이가 불확실), 최근 사진도 붙이고 이력도 간단히 기재해야 한다. 과거 화려한 이력을 가득 채우는 사람들도 있는데 오히려 본인한테 마이너스가 되기에 여기저기 다닌 곳이나 3~4개월 짧게 근무한 곳은 기재하지 말고 오래 다닌 곳 한 군데 정도만 쓰고 경력도 줄이고 겸손하게 낮춰서 써야 한다.

성실하게 보이는 분이 자꾸 떨어지는 것은 이력서에 문제가 있어서이다.

취업이 되면 경비교육 이수증은 용역회사에서 경찰청에 신고하기 때문에 필요하고, 은행통장 사본과 성범죄 이력을 조회하는 서류에 사인을 해야 한다. 과거에 성범죄나 범죄 이력이 있는지 경찰청에 조회하기 때문이다. 그리고 국가유공자나 장애인증이 있으면 복사해서 주면 3만 원이나 5만 원 따로 주는 곳도 있고, 아예 안 주는 곳도 있다.

경비원의 마음자세가 중요하다

경비 업무는 범죄 예방이라는 공공성 강한 서비스를 민간 신분 경비원이 수행하는 것이다.

범죄 예방은 국가적 책무이고, 이를 민간 부문과 공동으로 수행하고 있으므로 경비원이 제대로 경비할 환경을 조성해 주어야 할 최종 책임은 경찰청 등 정부에 있다.

이 세상 살면서 모든 것은 자기 생각하기에 달렸다.

내가 힘들다고 하면 뭐든지 다 힘들고, '아, 이거 재미있다'고 이렇게 생각하면 재미있다. 경비 일은 내 건강을 유지할 수 있고 이런 건데 뭐 아이고 짜증 난다, 힘들다고 생각하면 아무것도 못 한다. 경비원뿐만 아니라 다른 일도 못 한다. 경비원이 되면 비교적 몸의 활동이 많다. 그렇다고 무거운 일을 장시간 하는 것도 아니고, 대체로 쉬운 일이지만 의자에 앉아 장시간 엉덩이를 붙일 시간은 없다.

매일 하는 일이 매일 같이 다람쥐 쳇바퀴 돌아가듯이 정해져 있다.

경비원으로 일하려면 집에서 나올 적에는 오장육부를 싹 빼놓고 나와야 한다. 여러 주민 중에는 이상한 주민도 있어 모든 주민에게 맞추다 보니까 속이 썩기 때문이다.

내가 경비원을 하면서 일이 힘들다고 생각해 본 적은 없다. 그리고 제일 걱정되는 주민 중에 소위 진상이라는 사람을 만나본 적도 없다. 가끔 매스컴에 경비원이 폭언과 폭행 등의 갑질을 당했다는 소식을 접할 때는 남의 나라 이야기로 들리곤 한다. 물론 사람 사는 곳이라 술을 많이 먹고 경비실에 와서 필요 없는 소리를 늘어놓는 사람도 있다고 동료 경비원이 말한 적도 있었다. 그럴 경우에는 어떻게 대처하는 것이 현명할지 고민해 봐야 한다.

지금이야 경비원에 대한 인식이 많이 좋아졌다.

그래서 경비원의 입장에서 자기 근무처에서 '내 힘들다.' 하는 사람들도 있겠지만, 그 얘기를 거꾸로 하면 '다들 힘내.'라는 말이 되는데 그 속에 자기 성격이 녹아있고, 또 어떤 사람은 경비원을 뭐하러 하냐는 식의 하대 말투로 얘기하는 사람들도 있겠지만 그건 과거의 이야기이고 지금은 완전히 예전과는 모든 것에서 달라졌다.

어떤 경비원은 주민들하고 다툰다든지 이런 것도 있겠지만은 그것도 내 탓이요, 전부 내가 잘하면 상대방도 나한테 잘하게 되어있고, 내가 잘 못 하게 하면 상대방도 나한테 잘 못 하는 것이다. "가는 말이 고와야 오는 말도 곱다", "말 한마디로 천 냥 빚을 갚는다"는 속담이 전혀 틀린 말이 아니다. 그래서 그게 전부 다 자기 개인적인 문제다. 결국에는 이제 각자 생각하느냐에 따라서 어떻게 하느냐가 핵심이다.

경비원 생활의 근무처 장점과 단점?

경비원 근무 기준이 좋은 곳도 있고 안 좋은 곳도 있는데, 어떤 게 있을지 보통 일하면서 크게 불만스러운 그런 생각은 별로 해본 적이 없는 것 같다. 현재 근무처에서는 단지가 커서 많은 사람이 근무하는데 근무 체계는 아파트마다 다르고, 상가 경비나 회사 경비도 그렇고 근무 체계가 다 다르다.

24시간 막 교대하는 곳, 또 오후 8시, 9시나 10시 조기 퇴근하는 곳도 있다. 수면 시간을 오후 10시에 시작하거나 아니면 11시에 시작하는 곳, 또 하루는 야간 근무가 있고 하루는 조기퇴근 아니면 계속 야간 근무하는 곳, 또 잡일이 많은 곳과 보통과 한가한 곳이 있어 다 다르다. 분명한 것은 일이 많은 곳은 봉급이 많고, 일이 적은 곳은 봉급이 적다. 그래서 불평할 것도 없이 누구는 더하고 누구는 덜하고 모든 게 공평하다.

보통 교대시간은 오전 6시이지만, 간혹 7시에 교대하는 곳도 있다. 식사는 경비원 모두 개인적으로 하는데 처음에는 경비원들이 많아서 경비원 식당이 있는 줄 알았고, 또 그렇게 생각하는 사람들도 많지만 어디에도 경비원, 미화원, 관리사무소 직원을 위한 식당은 없다고 얘기하고 싶다. 그래서 우리는 집에서 도시락과 반찬 등을 가지고 와서 냉장고에 보관하는데 경비초소가 좁아 작은 냉장고에 두 사람이 쓰는 경우라 제대로 다 넣지 못하고, 도시락은 전기밥통에다 넣어서 보온을 시키거나 전기밥솥으로 밥을 해먹는데, 또 어떤 곳은 쉴 만한 휴게실에 취사도구가 있어 거기서 식사를 해결하기도 한다.

또 휴게실에 방이 있어 휴게 시간에 숙면을 취하게 해주는 곳도 있는데, 거의 대다수는 근무하는 초소에 매트를 깔고 잠을 청하는 경우가 많다. 그럴 경우 충분한 숙면을 못 취하는데, 그것은 초소의 외곽 등은 켜져있어 불빛이 새어들고, 초소 앞이 주차장이다 보니까 차들이 오가고 하는 소리를 다 들리기 때문이다. 이러한 불편도 마땅한 휴게시설을 갖추지 않아서이지만, 그래도 우리 경비원들은 그 정도의 불편을 감수한다. 왜 그럴까?

그나마 나이 먹어 얻은 직장이라 항상 고마워한다. 잘리지 않고 그저 오래 다니길 바랄 뿐이다.

경비원에게는 '침묵이 금이다'가 해당된다

근무를 하다 보면 주민들과 일체 많은 대화를 나누지 말라고 눈치를 준다. 왜냐하면, 좋은 말이나 나쁜 말이나 대화를 하게 되면 나중에 옆에서 거들은 얘기가 화근이 될 수 있기에 꼭 불필요한 얘기는 삼가야 하는데 그것이 나중에 본인한테 화살로 돌아온다.

그럴 경우가 아주 많아 같은 경비원끼리도 허심탄회하게 얘기하다가 봉변을 당하는데, 상대방이 누군지 모르고 나의 모든 것을 털어놓거나 남의 얘기를 하면 이상하게 전파가 되는지, 안 좋은 결과로 나의 뒤통수를 친다.

그래서 경비직을 오래 하려면 내 일만 묵묵히 하고 절대로 누구하고도 친하게 지내서는 안 된다. 물론 예외가 있을 수 있겠지만, 득이 없고 좋지 않은 결과가 오는 것이 더 많다. 그래서 가까운 주민이라도 눈인사 정도로 가볍게 하는 것이 좋다. 쓸데없는 사회생활 얘기·정치 얘기·종교 얘기 등 필요 없는 얘기를 할 필요가 없다.

말을 많이 하다 보면 쓸데 있는 말이라도 꼭 실수가 될 수가 있어 경비원은 '침묵이 금'이다.

경비원 근무 시 철칙이 입 다물고 미소만 띠고 가볍게 목례 정도만 하면 친절하게 하는 말들이 모이고 모여서 주민들한테 옮기고, 나중에 관리소장 귀에도 들어가면서 용역회사로 전달되는 것을 수없이 보았다. 원래 선행보다는 실수가 소문이 나므로 말조심, 입조심이 중요하다.

일도 내가 잘한다고 해서 남보다 더 많이 하려고 하지 말고, 반대로 꾀를 부리고 안 하려고 자주 빠지고 설렁설렁하는 것보다 남들과 비슷하게 중간만 가는 것이 경비원 오래 하려면 꼭 필요한 요령이다.

경비원의 행동반경

경비원들은 일단 근무를 하면 식사 때 밖에 나가서 식사하는 것을 제한하고 있다. 만약 나가서 식사를 하게 되면 근무지 이탈이 된다. 그래서 그 점을 엄격히 통제하는 곳도 있으나 어떤 곳은 휴게 시간에는 밖에서 식사를 허락하는 경우도 있어 집이 가까운 경비 중에는 식사 때 집에서 식사를 마치고 휴게 시간 안에 들어오는 경우도 있다.

그렇지만 옷을 갈아입는 불편함과 이동을 해야 하는 귀찮은 점도 있어 그냥 초소 안에서 식사를 해결하는데, 경우에 따라 외부에서 한두 달에 한 번 정도 몇 사람 같이 배달을 시켜 배달 음식을 먹을 때도 있다.

초소 안이 근무처이다 보니 여차여차해서 식사 해결이 어렵다거나 주민하고의 마찰 그리고 야간 근무 시 한밤중에 일어나 1시간 순찰 등등 어려움이 있는데 이런 것들을 하기 귀찮아 하거나 성격상, 건강상 어렵다고 생각하면 경비직을 못하는 것이다.

거기에다 교대자와의 잦은 다툼으로 생기는 스트레스도 한 요인이 된다. 불편한 점을 서로 이야기를 해야 하는데 사소한 것이라도 자기주장만 하고 상대방의 이야기를 전혀 듣지 않는 경우가 허다하니, 신경을 쓰게 해서 다툼으로 이어진다. 이러한 것도 상대에 대한 배려가 부족하고 요즘 화두가 되는 소통이 부족하기 때문이다.

경비원의 하루 일과 중 체험하는 이런저런 이야기들

………………………………………………………………………………………………………

　매주 있는 분리수거 때는 일손이 바쁘다. 물론 세대수가 적은 곳은 그나마 쉬운데, 세대수가 많은 곳은 하루 종일 재활용품 분류하느라 바쁘다. 주민 중에는 간혹 세심하게 분류하거나 박스에 테이프를 제거하여 주거나 큰 포대를 흔들어 주어 골고루 쌓이도록 도와주는 분들도 있어 고마운 생각이 들고, 폐기물은 종량제 봉투에 버려야 하는데 특히 찌꺼기가 늘어서 붙은 비닐봉지, 먹다 남은 라면, 양념이 묻어있는 치킨 봉지나 종이류, 뻘건 라면 플라스틱 용기는 꼭 종량제 봉투에 버려야 하는데 적당히 분리수거 때 버리는 경우도 그전보다 없지만 그래도 얌체 주민이 종종 있다.

　그리고 빈 농약병도 보여 대개 제초제인데, 시골에 농장이 있는 주민이 버린 것이라 음식물 쓰레기까지 처리하다 보면 잡균과 오물이 묻는 손은 하루에 수십 번씩 씻어야 한다. 우리 경비원들의 근무시간 중 약 70%를 쓰레기 청소하는 데 할애하는 것 같다.

　종일 근무하다 보면 주민 중에 떡이나 과일 심지어는 아이스크림을 주는 경우도 있어 그분의 따뜻한 정성이라 생각하고 받고, 명절 때는 선물을 꼭 챙겨주는 주민들이 있어 감사하다는 인사를 꼭 한다.

　전에 근무한 곳에서 분리수거 하는 날인데 바람이 엄청 불어 쌓아놓은 종이 박스가 마구 날아다니는 형국이 되었는데, 그때 경험 부족으로 잠시 방치를 했더니 나이가 젊은 반장이 와서 고압적인 자세로 신경질을 내기에 자존심이 상해 같이 상대를 해주었는데, 그게 빌미가 되어 사유서와 시말서를 쓰라고 하기에 분을 못 참고 그만둔 경우도 있었다. 지금 생각하면 나의 잘못이기에 인정했으면 그냥 넘어갈 수 있는 상황이라 섣부른 판단은 대세를 그리 친다는 말이 맞다.

그 단지에는 어린이집이 있는데, 내방객이 온다면 입구 차단기를 열어달라고 꼭 음료수 박스를 들고 온다. 그만큼 어디나 주차난이 심각하다. 여러 군데서 경비원으로 근무를 하다 보니 많은 경비원이 고학력자가 많고 전직도 화려한 사람도 있지만, 대다수의 경비원은 생활고로 취업을 한다.

지금의 근무처에는 고령(70대 후반)의 경비원들이 있다. 건강하기에 나와서 사회생활을 하는 모습은 보기가 좋고, 본인의 건강을 위해서도 바람직하다. 그런데 3~4년 전에 퇴사한 한 경비원은 여기서 25년간 근무를 했었다고 하여 깜짝 놀랐는데, 그 긴 시간 한 장소에서 25년간 근무했다면 이 계통에서 장기근속으로 신기록일 것 같다.

현재도 17년, 15년 등 오래 근무하는 분들도 있어 이 어려운 일을 참고 견디며 헤쳐 나가는 의지력에 뭔가 존경하고 싶다는 마음이 생긴다.

근무하면서 매일 만나는 사람들

1주일 통계를 내보면 매일 만나는 사람들은 새벽마다 경비원끼리 교대하면 바로 음식쓰레기 수거차량이 오고 뒤이어 폐기물 차량이, 날이 밝아지면 미화원 여사님(회사에서 존칭어로 사용)을 보게 되는데, 우리 경비원보다는 조금 늦게 출근하지만 바쁘게 움직이는 모습을 보게 된다. 그리고 출근하는 주민들은 바쁘게 지상, 지하 주차장으로 달려가고 좀 있으면 어린이집이나 유치원 차량이 아이들을 태우는데 아이들이 제시간에 못 나오면 차량은 나올 때까지 계속 정차해 있다.

그리고 물건을 나르는 택배 차량들이 들어오면 각 회사의 택배 차량들이 하루 종일 지나가는데 택배차량은 전에는 남자 혼자서 했는데, 부부가 같이하는 것을 많이 목격한다. 또 어르신을 태우는 주간보호센터 차량이 보이고, 좀 있으면 볼일 보러 지나가는 주민들의 뒤를 이어 요란한 오토바이 음식 배달기사가 계속 요란한 소리를 내며 지나간다.

오전에는 보통 주민들이 음식쓰레기를 버리러 나오고, 오후가 되면 방문객들이 차량 방문증을 달라고 부탁하러 오고, 계속해서 하루 종일 헬멧 쓴 음식 배달 오토바이가 왔다 갔다 한다.

오후에는 학교 갔다 오는 아이들이 삼삼오오 짝을 지어 수다를 떨며 지나가고, 학생들을 태운 각 학원 차량이 아파트 입구에서 학생들을 내려주고 출발한다.

경비초소 옆에는 자전거 보관대가 있어 자전거 이용하는 주민들을 만나고 기전실(기계실과 전기실) 직원이 작업하러 다니는 모습을 보다가 눈이 마주치면 서로 인사하고, 1주일에 한 번씩 분리수거 때 나온 비닐, 종이와 박스, 플라스틱, 잡병과 술병, 고물과 고철, 스티로폼 등 큰 집게 차량이 와서 수거해 가고, 매주 옷 수거함 차량이 와서 안에 든 옷가지, 위에나 바닥에 놓인 신발 등을 가져가는데 수거 안 되는 방석이나 솜이불 등은 수거 안 한다.

그래서 경비원은 주민과의 접촉이 많아 우리 경비원은 복장이 단정하고 몸가짐이 흐트러지지 않아야 하고, 만약 음주를 했다면 발견 시 민원이 발생하게 되고 바로 시말서나 사퇴를 종용받는다. 지금은 마스크를 쓰고 근무를 하니 웃는 미소를 보여줄 수 없지만, 주민들에게는 첫째도 친절, 둘째도 친절이다. 어찌 보면 우리 경비원들도 서비스직종이 된다.

자전거 보관대에는 멀쩡한 자전거가 방치되어 있다

지하철 앞에나 한강 자전거 길에 방치되어 있는 자전거가 해마다 쌓여가 대책으로 수거하여 잔 고장은 고쳐서 싸게 판다고 하는데 인기리에 잘 팔린다고 한다.

이러한 현실은 모든 아파트에서도 볼 수 있다. 한구석에 펑크 나고 체인 전체가 녹슨 채 버려지기도 하고, 근무했던 곳마다 많은 아까운 멀쩡한 자전거가 방치되어 있어 안타깝다. 주인이 있었지만 안 타고 사용 안 한 지 오래되어 녹이 슬고 손을 봐야 탈 수 있는 자전거가 수두룩하다. 어찌 보면 국가적으로도 이런 낭비가 없다. 무슨 대책을 세워서 주인이 없는 자전거는 재활용하여 누구나 타도록 하면 좋겠고, 오래되어 수명이 다한 자전거는 고철 회사에서 수거해 가 분리하여 쇠 부분은 재생이 가능하니 좋은데, 문제는 방치를 한 자전거라도 엄연히 주인이 있는 거라 함부로 손을 못 댄다는 것이니 법 개정을 해서라도 아주 못 쓰는 자전거는 해체해서 쇠 부분은 재활용하고, 안 타는 자전거도 오래되면 녹이 슬어 망가지니 뭔가 대책을 세웠으면 한다.

헌 옷 수거함은 아파트 안에서 볼 수 있다

의류 수거함은 1997년 IMF 외환위기 당시 어려운 이웃을 돕자는 취지에서 처음 생겨났다.

아파트에서는 헌 옷 수거함이 잘 보이지만 국민 생활수준이 높아지면서 헌 옷이 국내에서 재활용되는 비율이 많이 줄었다.

지금은 80% 이상이 아프리카, 동남아시아 등 어려운 나라에 수출된다.

얼마 전까지만 해도 의류 수거함은 지자체 관리 권한 밖에 있었다. 사업자들이 여기저기 무단으로 의류 수거함을 설치한 다음, 여기 모인 의류를 해외 등에 수출하는 경우가 많았는데 조사 직후 환경부가 각 지자체에 불법 의류 수거함을 정비하도록 하는 조치 마련을 권고하면서 불법 의류 수거함이 크게 줄었다.

최근에는 시의 허가를 받고 의류 수거함을 운영하는 사업자들 역시 수거함을 줄이는 추세다. 의류 수출사업의 수익성이 떨어진 까닭인데, 수년전부터 중국이 헌 옷 수출사업에 뛰어들면서 의류 단가가 낮아진 데다 코로나바이러스 감염증으로 수출 선적 가격이 크게 뛰는 등 사업성이 악화됐다.

이러다 보니 수거업체 대표들이 매출 감소로 직원을 해고하고 직접 의류 수거함을 치우고 있는데, 줄어드는 수거함과 달리 버려지는 의류는 늘어나고 있다.

수거함을 찾지 못하는 헌 옷 상당수는 소각되고, 일부는 가정방문 수거업체를 통해 구제시장에 유통하는데 가정을 방문하는 방식은 비용이 적게 들고, 옷 오염도 적어 훨씬 비싼 값에 판다고 한다.

경비실에 있다 보면 수거함에 별의별 물건을 갖다놓는 얌체 주민도 많다. 수거가 안 되는 솜이불이나 카펫, 방석, 베개, 배낭 등등이다.

경비 근무처는 집에서 가까운 곳을 선택하라

취업하려면 제일 중요한 것이 근무처가 집에서 얼마나 떨어져 있느냐이다.

오래 다니려면 무엇보다 중요한 것이 출퇴근 거리이다. 만약 잠깐 다닌다면 먼 곳이라도 상관없지만, 최소한 1년 이상이라도 다니려면 사는 집에서 아주 가까운 곳을 선택하라고 얘기해 주고 싶다.

신임교육을 받고 처음으로 경비 면접을 보게 되면 누구나 처음에는 물불 안 가리고 빨리 취업하려고 거리에 상관없이 덤벼드는 것은 인지상정이다. 나도 처음에는 그랬으니까, 하지만 지금 와서 돌이켜 보면 그럴 수도 있겠구나 생각이 든다.

내가 이 글을 쓰는 시점에서는 3년 동안 6번이나 옮겨 다니다 7번째로 정착을 해서 만족스럽게 다니고 있으니 말이다. 경비원 구인광고는 수시로 나오고, 경쟁률도 상상을 초월한다. 그래서 취업이 어려워지니까 먼 거리라도 감수하고 다니는 사람을 많이 보아왔다. 하지만 결국은 이직을 하는 모습도 많이 보았다.

세상 살아가는 것이 마음대로 되지 않기에 이직을 포기하고 10년, 20년씩 한 아파트에 다니는 분들을 옆에서 보고 주위에 그런 분들이 있기에 한 말씀 드리는 것이다. 남이야 그러건 말건 내가 참견하는 것은 아니지만, 가급적 집에서 가까운 곳을 선택하는 현명한 기지를 발휘하면 다니는 동안의 시간과 돈을 저축하는 것이니 그렇게 하고 안 하고는 큰 차이이기 때문에 이러한 점을 간과하지 않았으면 한다.

그리고 만약 거리가 먼 곳을 다니면 대중교통을 이용하든지 아니면 본인의 승용차로 다니게 된다. 대중교통을 이용한다면 우선 많이 걷게 되고 지하철이나 버스를 타고 움직이는데, 우선 전 근무자와의 교대 시간이 보통 이른 새벽이라 첫차를 타고 오는 사람을 많이 봤다.

보통 한밤중에 일어나 부리나케 출근 준비로 바쁘고 하루 먹을 도시락이나 부식 등도 들거나 등에 메고 허겁지겁 근무처에 교대 시간 맞추려니 등에서 땀이 난다. 그것도 한여름이나 추운 겨울에는 더더욱 고생이다. 좋기는 자기 승용차로 다니는 것인데, 그것은 기름값 나가는 비용도 있고, 요즘 아파트마다 주차 전쟁이라 경비원이 자기 차를 주차하는 모습을 입주민이 볼 때 그것도 안 좋게 보는 주민도 있다는 것을 알아야 한다.

매일같이 주차 전쟁이다 보니 어떤 경우는 경비 보고 갖고 다니지 말라고 하는 무식한 동대표도 있었다. 그만큼 주차 문제에 있어서는 아량이나 배려가 없고, 모두 신경이 날카롭고 예민하니 안 좋은 시선으로 보는 주민도 있어 경비원이 제 차로 출퇴근하는 모습도 실지 불안하다.

교대자와의 껄끄러운 관계를 피하자

경비원들은 본인 초소에서 중심으로 맡고 있는 동을 둘로 구분하여 합리적으로 교대자와 담당 청소구역을 나눈다. 그래서 출근하면 가벼운 청소는 전체를 담당하지만, 어렵고 힘든 작업은 평소에 자기 구역을 관리한다.

그리고 교대자와는 좋은 관계를 유지해야 한다. 교대하는 사람과는 좋든 나쁘든 한 초소에서 같이 근무하는 사람과 같은 길을 가기 때문에 여기서 그 사람의 인성이 나타난다.

자기 생각만 얘기하고 남의 말을 안 듣는 고집불통도 있다. 서로 이해하고 배려하면 아주 좋은 사이가 될 수 있는데 말같이 쉽지만은 않다. 수년간의 경비를 해보니 서로 마음이 맞지 않아 으르렁거리는 경우가 많다. 서로 자라온 환경도 다르고 성격도 다르니 한 형제간에도 싸우니 남이야 더하면 더했지 모자라지 않다. 초소 안에서 같이 근무하면 전자레인지, 냉장고, 화장실을 같이 쓰고, 근무자 책상 정리정돈, 서로의 침구도 보관, 서로의 옷, 소지품, 그 밖에 각자의 살림이 좁은 초소 안에 다 있으니 각자 알아서 경계를 짓고 불편하기도 하지만 어쩔 수 없다. 절이 싫으면 중이 떠나야지 별수 없다. 취침은 우선 바닥을 쓸고 닦고, 매트 깔고 위에서 수면을 취한다.

경비원이 수령 받는 급여는 단지마다 천차만별이다

경비원의 수령액은 근무시간에 따라, 지역 아파트마다 다 다르다.

근무조건이 여유롭고 휴게 시간이 많으면 급여가 적고, 담당하는 세대수가 많고 여유 없이 빡빡하게 근무하는 곳은 급여가 조금 많다. 현재(2022년 기준) 경비원의 봉급은 한 달 만근을 하였을 때 대략 170~220만 원 정도가 된다. 이 금액은 실제 내가 여러 군데 근무처를 옮기면서 받은 액수이고, 급여가 더 센 곳도 있는데 보안경비라고 좀 젊은 40~50대의 사람이 근무하는 곳은 250만 원 정도로 받는 것으로 알고 있다. 보안경비는 근무하는 곳이 각 초소에서 혼자 근무하는 것이 아니라 대개 정문의 집단 단독 초소에서 여러 명 근무하기에 비교적 초소가 넓다. 그리고 경비원의 근무처는 보통 아는 것보다 다양하다.

그것은 보통 경비원이라면 아파트 경비를 연상하지만 좀 더 파헤치면 복합 상가, 건물(빌딩), 공장, 회사, 학교, 공사 현장, 은행(청원경찰) 등등 경비원으로 취업하는 곳은 많다. 그러니 경비원의 급여는 딱 얼마라고 얘기하기 어렵다.

순찰도 한밤중 12시 넘어 야간 근무 시에는 유동인구도 별로 없고 랜턴과 순찰 체크기(태그)를 들고 1시간 동안 24군데(아파트마다 다름) 순찰 코스를 돌고 나서 다음 순번자에게 인계한다.

경비원의 처신과 주민과의 소통

뉴스나 매스컴을 보면 경비원에 대해 안 좋은 사건이 종종 보도된다. 폭행이나 폭언 등 소위 갑질 행위가 있기는 한데, 요즘에는 주민들 인식이 좋아지고 개선되어 그러한 경우가 별로 없다. 그동안 나도 별일 없었고, 주민들도 가는 곳마다 잘 대해주셔서 모든 것이 내가 주민들하고 잘하게 되면 주민들도 나를 잘 대하게 되는 거고, 전부 다 내가 하기에 달렸기에 누구 탓할 것도 없고 모든 것이 인간관계이다.

사회생활이라는 게, 공동생활 자체가 다 똑같다. 나 혼자만 잘났다고 생각하면은 안 되는 것이고, 또 주민들도 경비원에게 안 좋게 생각하면 안 되는 것이고, 경비로 근무하려면 체력적으로 건강해야 하고, 일하는 게 즐겁다는 생각으로 해야 주민들도 잘해준다.

경비원과 한 가족처럼 지내니까 바깥에서 얘기 듣는 것과는 실제 주민이 아파트 경비를 구타했다고 하는데, 경비실에 앉아 혼자 조용히 앉아있어도 이 자체를 즐겁다고 생각하면 된다.

혼자 있다고 지루할 것 같지만, 지루할 틈이 없다. 이른 새벽에 출근하여 날이 밝아지면 가로등, 아파트 현관 등 여기저기 소등하고 어두워지면 점등한다. 낮에는 관할구역을 자주 돌아 청소도 하고, 주민을 만나면 반갑게 서로 인사하고, 아파트 내의 옥상에서 계단으로 내려오면서 혹시 불법 전단지가 붙어있나 확인도 하고, 1층 게시판에 붙어있는 게시 마감의 날짜도 확인하며, 음식 쓰레기통도 냄새 안 나게 물로 청결히 하고, 음식물이 붙어있으면 솔로 닦아낸다. 그리고 담는 비닐봉지도 막대기로 쑥쑥 눌러야 다음 주민이 그냥 놓고 가는데 눌러놓지 않으면 봉지가 위로 차서 넘치기 마련이다.

초소에 있다 보면 간혹 동 주변에 불법주차 차량이 보이면 전화하여 빼라고 하고, 오랜 시간 지체하면 가차 없이 접착스티커를 붙인다.

그리고 하루에도 몇 번 지하 주차장으로 가서 청소는 물론 이중주차나 불법주차가 있는지 확인하고 적발을 하면 주차 안내장, 경고장, 주차금지 스티커를 발부하고 주차기록 장부에 기입한다. 이렇게 매일 단속을 해도 오래된 아파트라 주차면적이 좁아 언제나 주차 공간이 부족해 주민들이 애를 먹는다. 아파트를 지을 때 향후 20~40년을 내다보고 지어 지하 주차장을 지하 2, 3층까지 만들면 완전히 해소된다.

이렇게 종종걸음으로 일하다 보면 하루가 금방 지나간다. 또 경비초소 안에는 TV가 있는 곳도 있지만, 없는 곳이 더 많다. 혹시나 TV를 시청하면 주민들 눈에는 경비가 업무에 소홀히 하고 시청하는 것으로 오해를 받기에 아예 없는 곳이 많다. 그래서 요즘 경비원들은 따분한 시간에는 다 갖고 있는 핸드폰으로 시청하기도 하는데 노골적으로 시청하는 것은 눈치 없는 행동이다. 어디에서나 주민들의 눈이 있기에 알아서 처신을 잘해야 한다.

또 어디서는 오후 6시 넘어서는 TV 시청을 허락하는 곳도 있기는 있다.

경비원이 갑자기 아프거나 급한 일이 생길 때는

경비원도 사람이라 갑자기 아프거나 급한 볼일이 생길 때는 빨리 반장(팀장)이나 동료에게 사실을 알리고 대체 근무할 사람을 보내야 하는데, 이것을 '대근'이라고 한다. 회사 측에서는 만일의 사태에 대비해 대근할 사람의 연락처를 가지고 있어 급하게 대근할 사람을 찾는다.

물론 현지의 아파트 사정에 익숙한 경험 있는 분이 있는데, 그래야만 차질 없이 근무를 수행하는데 보통 연세가 80세 전후로 알바 형식으로 대기하는 분들이 많다. 그래서 직업소개소에서, 일자리 센터에서 경비초소에 전단지나 명함을 건네주고 가는 직원들도 있다.

경비원도 월차휴가가 있어 쉬는 날에는 옆의 협력 초소가 지정되어 있어 그날은 왔다 갔다 하면서 청소, 택배 등 대신 관리해 준다.

경비원의 취업도 경쟁이 아주 치열하다

요즘은 인구 고령화와 계속되는 코로나19 팬데믹(전염병이 전 세계적으로 크게 유행하는 현상)으로 경기 침체, 저성장으로 인한 취업의 벽이 젊은

이나 고령자의 벽이 더욱 높게 느껴져서 경비원 모집 공고가 나가면 이력서 들고 오는 사람이 많아 평균 10~20대 1로 경쟁률이 치열하다. 일하려는 사람들은 늘어나고, 현재 경비로 일하는 사람들도 이러한 실정 때문에 잘 나가려 하지 않는다. 들어오려는 사람은 많고 하다 보니 지금의 경비원들은 더 어려움을 감수하고 불합리한 경우도 참고 지내며 나가지 않고 있어 전보다 들어가기가 그야말로 "낙타가 바늘구멍 들어가기"나 "하늘의 별 따기"까지 온 것 같다. 물론 예외가 있어 자주 옮기는 사람도 주변에 여러 명 있으니 그런 사람은 재주가 좋고, 복지카드를 소지한 사람이다. 복지카드가 인기가 있는 것은 다 이유가 있는데 나중에 설명한다.

내가 어렸을 때 경비 아저씨의 모습은 정말 할아버지들이 근무하였고, 야간에는 초소 안의 의자에서 꾸벅꾸벅 조는 모습을 보아왔다. 지금의 내 나이라면 그때는 정말 허리가 굽고 머리는 하얗고 얼굴은 주름이 쭈글쭈글한 정녕 할아버지의 모습이라면 지금의 경비원들이라면 나이가 70대 후반이라도 젊게 보여 내가 6번째 근무했던 아파트에도 70대 중·후반 경비원들이 많다. 초소는 16개라 경비원 숫자는 32명인데 80%가 70대로 근무하고 있다.

전에 갖가지 직업들을 하며 가족들의 든든한 울타리가 되어주었던 그들이 또다시 가장의 무거운 책임감으로 노년의 시간을 채워가고 있다. 해고라는 칼날 앞에 누군가의 가족은 거리로 내몰릴 수 있다. 턱없이 부족한 경비원 일자리의 구직 경쟁 또한 치열하다.

최저임금이 올라가면서 또 코로나 여파로 하던 일을 안 하거나 못해서 경비직을 원하는 사람은 많은데 들어갈 자리는 그만큼 좁다. 취업 한파가 무섭게 휘몰아쳐 1명 뽑는데 20명 가까이 면접 보러 오는 경우도 있는데 어떤 곳은 미리 취업자를 결정해 놓고 형식적으로 모집하는 경우도 있어 모르고 면접 보는 사람들은 들러리로 서기까지 하여 허탈하기까지 하다.

경비 취업이 어려워진 사연과 문제점

전에는 동마다 한 명씩 근무하는 초소가 있었는데 지금은 2~3개 동을 합쳐서 한 명씩 근무하니까 그만큼 인건비 절감이 되는데 왜 그런 현상이 일어나냐면 매년 최저임금이 상승하니까 입주민들 입장에서도 지출이 늘어나니 고육책으로 동들을 묶어버리거나 정문에 통합 보안시스템을 설치하고 경비원 인원 조정을 하고, 두 번째는 주민들이 현재의 경비원 월급을 아는데 예전에는 월급이 적었다.

그래서 보통 예전에는 경기가 좋아 경비직은 나이 많은 할아버지의 단골 직업이어서 월급도 적은 경비원 아저씨 불쌍하다고 하면서 좋게 봐주었는데 경기가 나빠지고 젊은 사람도 취업이 힘들어지고 하니까 경비직종으로 눈을 돌리기 시작했다.

그래서 경비직도 점점 나이가 내려가는 추세다. 더구나 기대 수명이 늘어나 노후가 길어지니 준비 안 된 나부터도 선호하는 직업이고, 지금은 경비원이 조금이라도 잘못하면 관리사무소에 가서 민원을 제기한다. 또 주민 중에는 경비원들 나이가 많으면 왜 옆의 아파트는 젊은 사람 쓰는데 우리는 돈을 똑같이 주면서 나이 많은 사람을 고용하느냐고 항의하는 주민도 있다.

이렇게 따지면 관리사무소에서도 할 말이 없다. 그래서 해마다 나이가 내려가니 70대 중·후반의 현재의 경비원들은 바늘방석에 앉은 느낌일 것이다. 전에는 근무처를 옮기기 쉬웠는데 그만큼 현실이 녹록지 않아 고민이 되겠지만, 그렇다고 나이 드신 분들을 전혀 찾지 않는 것이 아니라 많이 줄었다는 이야기이다.

또 나이가 40대인 분들도 경비하겠다고 지원하는데 월급이 250만 원 내외이니까 편의점 알바보다는 낫다고 지원한다. 그런 경우에는 보안경비라고 해서 아파트 입구의 초소에서 단지의 모든 것을 담당하고, 분리수거 때에는 한 명이 여러 동의 일을 힘들게 처리한다.

그러면 젊은 사람이 경비 일을 더 잘하는 것은 아니고 오히려 60~70대가 경비업무를 더 잘할 수 있고, 이직률이 적은데 입주민들이 젊은 층을 선호하는 경향이 많기에 그런 현상이 일어난다.

대체로 보면 젊은 사람은 갈 데가 많으니 조금만 불편해도 미련 없이 그만두는데도 주민들은 급여를 많이 주는데 젊은 사람을 쓰지 노인네들을 안 쓴다는 답변이 돌아오는 것은 앞으로 경기가 좋아져서 사람 구하기가 어려워지는 시대라면 몰라도 나이 든 사람 쪽에서는 취업이 점점 어려워지는 추세는 어쩔 수 없는 것 같다.

경비원이 줄어드는 것은 어쩔 수 없고, 지금은 경비원을 줄이면서 관리원을 뽑는 데도 있는데 관리원은 경비원의 일을 도와주면서 주간만 근무하니까 당연히 봉급은 적다.

그래서 어두운 얘기이지만 앞으로의 경비 나이는 점점 내려가면 내려가지, 올라가지는 않을 것이다. 전에는 경비로 일하다가 퇴직하면 미화원이라는 직종으로 갔는데 답답한 마음에 경비보다 미화를 하겠다고 하지만 미화원 쪽도 마찬가지로 나이가 내려간다.

내 주변 사람의 이야기

국내 대기업에 다니다 퇴직한 후 무리한 사업 투자로 사업 실패를 겪고 벼랑 끝에선 그를 구해준 것이 바로 경비직이다. 사업 실패 후 전에 반도체공장에서 현장 안전순찰요원 내지는 일반 노무직도 했고, 대학식당에서 주방보조로 설거지도 했다. 오랜 세월 정규직으로 근무했던 그는 비정규직 경비 일을 하면서 이전에 경험하지 못한 일을 겪었다.

일반 주민들이 보는 경비원들은 보는 시각이나 인식이 아직까지도 수준 이하다.

용역회사한테도 무조건 굽신거리고 엎드려야 내가 살 수 있다. '주민 들과 마찰이 생기면 당신 무조건 해고다.' 이런 식으로 교육을 받다 보 니 그렇게 해야 한다.

주차장에 외부 차량 단속하다 보면 뒤에서 '내가 새로 산 차인데 왜 내 차에다 스티커를 붙이냐, 당신 경찰이야?' 그래서 관리사무소에서 붙이라고 시켜서 붙인다고 하면 '무슨 소리야? 무슨 권한으로 주민 차 에 스티커를 붙이냐고, 당신 내가 월급 주는데!' 하면서 나이도 젊은 여 성이 안하무인격으로 손으로 치면서 비키라고 소리가 커지니까 관리소 장이 쫓아와서 잘못했다고 용서를 빌라고 해서 없던 일로 하려고 하는 데 아까 팔을 치고 폭행을 당했는데 고소할 거냐고, 고소하면 당신 아 웃이야 그래서 항의를 했다고 해고를 시켰다고 한다.

보통 상식 이하의 일을 겪으니까 직업 환경이 생각보다 많이 차이 나 는 것을 실감 한다. 그래서 비정규직 일이 이런 것이구나 하고 생각했 다고 한다.

제2장

경비원의 시작과 업무 숙지

경비원의 과로사를 피해라

우리가 사는 곳은 아파트가 많다. 전국적으로 주거 형태를 보면 아파트 거주와 단독주택의 비율을 보면 7:3 정도로 아파트가 훨씬 많아졌다는 통계 조사가 있다. 우리 동네에서도 매일 보는 경비 아저씨들. 그러나 다들 알고 있듯이 경비원의 업무는 다양하지만, 입주민들이 모르는 일도 많이 한다. 나 역시도 3년 전까지는 경비원 일을 안 했기에 경비원의 일에 관해서 관심이 없었고, 알 필요도 없었다. 그러나 여차저차 해서 경비원으로 일을 해보니 휴게 시간도 잘 지켜지지 않는 것도 사실이다.

최저임금법을 피하기 위해서 휴게 시간을 설정하고 감시 단속적 근로자로 지정되어 있다. 모든 생활, 즉 교대자와 두 집 살림을 하느라 식사 때마다 초소 안에서 전기밥솥으로 밥을 하고 반찬과 부식은 집에서 가져다 냉장고에 넣는데, 냉장고도 초소 안이 비좁으니 제일 작은 사이즈의 조그만 냉장고, 그것도 교대자와 두 사람 반찬 부식과 음료수 물통 등 비좁아도 꽉 차게 넣고, 식사도 다 해결하고 야간 휴게 시간은 초소 안에서 매트 깔고 쪽잠 자는 실태이다.

순찰 시간에 맞춰 한밤중에 일어나는데 1시간가량 순찰을 돌고 초소 안에 들어와 남은 시간 부족한 수면을 취하려고 해도 잠이 안 와 뜬눈으로 교대하게 되는 경우가 많다.

경비원들은 매년 과로사로 사망하는 경우가 딴 직종보다 많다. 그래서 사회적 약자이면서 건강은 본인이 알아서 잘 지켜야 하는데, 특히 흡연과 지나친 음주는 피해야 한다.

나도 금연을 한 지 5년 남짓 되었고, 술은 거의 먹지 않는데 일부 경비원들은 담배를 끊지 못해 계속 피우고 쉬는 날 폭주를 하는 경우는 건강을 해칠 우려가 있다.

집에 와서도 아침에 멍한 상태로 잠을 청하고 정오쯤 되어 일어나면 식욕도 별로 없어 음식도 먹는 둥 마는 둥 마치고 간단한 볼일을 본다든지 아니면 종일 드러누워 뒹굴면 저녁이 된다.

초소에서나 집에서나 수면과 식사도 불규칙하니 몸에 이상이 올 수도 있다.

과로사는 절대 남의 일이 아니다. 출근하여 청소하고 분리수거하고 봄·가을에는 조경작업, 늦가을에는 낙엽 쓸기, 겨울에는 제설작업을 한다.

경비원들은 대개 나이가 많아 근무하다가 쓰러지는 경우에는 뇌경색, 뇌출혈, 뇌졸중인데 산재신청을 하면 승인이 잘 안 된다. 뇌혈관 관계 질병은 과로성 질병이기 때문에 근로복지공단 판정 지침에서 정한 만성 과로 기준에 부합하는지가 중요하다.

경비원의 야간 수면 시간의 경우 빛과 소음이 차단된 독립된 수면 공간에서 5시간 이상 수면을 취할 수 있는 그 여건이 마련될 때 근로시간이 아닌 휴게 시간으로 보는데 아파트나 그 밖에 경비의 경우 그렇지 않기 때문에 대법원에서는 "초소 내 쪽잠 잔 경비원의 경우 휴식 아닌 근무"로 했지만 근로계약서는 문서이지, 묵시적 관행으로 실제로 그와 다르게 어떻게 근무했는지의 근무 형태가 제일 중요한 것 같다.

야간 순찰 시 적당한 걸음으로 태그를 잘 찍자

먼저 아파트에서는 순찰 시 찍는 곳이 24군데(태그)가 되어 처음 입사하면 여러 번 순찰 코스를 돌아 확인한다. 초번 순찰은 밤 11시부터 시작하여 1시간씩 교대로 돌고, 다음 날 새벽 5시에 순찰이 끝난다. 순찰을 도는 시간은 정해져 있어 너무 늦어도, 빨리도 돌아선 안 되고 적당한 걸음으로 주위를 살펴가며 돌아야 정상이다.

순찰 시 랜턴으로 여기저기 살피며 혹시 있을지도 모르는 화재나 방범으로 미연에 방지하는 대처를 취하고, 겨울에는 술 취한 사람이 의자에 졸고 있는 모습도 본 적이 있어 잘못하면 동사하기에 119로 연락한 적도 있다. 늦은 밤에는 청소년이 모여 흡연을 하거나 음주 모습을 보는데 좋게 이야기해도 덤벼드는 경험이 있어 시비에 휘말리지 않으려면 그냥 지나가야 한다.

특히 지하 주차장 안에서 천장 쪽에 설치되어 있는 배선에서 물이 떨어지는 광경도 목격되는데 그럴 때는 메모하여 다음 날 조치하라고 연락도 하고, 혹시 방문 차량 중에 방문증이 없는 차량은 안내문이나 상습적인 차량은 빨간 접착제 주차금지 스티커를 붙인다. 그리고 지상으로 나와서 높은 아파트를 쳐다보면서 불필요한 외등이 켜져있을 때도 연락을 취한다.

경비실 안은 또 다른 세계이다

....

경비원이 근무 중에는 오늘 근무자 이름과 전화번호를 적은 팻말을 항시 앞 유리창 잘 보이는 중앙에 걸어놓는다. 혹시 경비원이 업무로 인해 자리에 없을 시 입주민이나 방문객이 문의사항이 있을 때 신속하게 처리를 하기 위함이다. 순찰 나가면 '순찰 중'이라는 팻말을 걸어놓고 작업 중에는 '작업 중'이라는 팻말을, 휴게 중에는 '휴게 중'이라는 팻말을 걸어놓는다.

어찌 보면 경비실은 우리의 인격이며, 거울이라 서로 따뜻한 말 한마디가 경비실 분위기에 많은 영향을 미친다.

현재 우리는 택배를 경비실에서 받지 않고 반품하는 것만 주민들이 들고 와서 경비실에 맡겨놓는다. 일반적인 택배는 택배 기사가 직접 수취인에게 배달한다.

그런데 무인 택배 보관을 하는 아파트도 있다. 그런 곳은 경비원들이 택배하고는 무관하게 근무한다. 게 중에는 택배 분실이 있어 논란의 대상이 되어 CCTV 확인 등 까다로운 절차를 밟고 확인 작업에 들어가는데 경찰관 입회하에 할 때도 있다. 일단 택배가 없어지면 관리소(관리사무소를 줄임말)나 경비원도 도의적인 책임은 없으나 신경 쓰인다. 여기서 모르고 자기 것인지 알고 가져가는 경우도 있는데 자기 것 아니면 도로 제자리에 갖다 놓아야 하는데 그렇지 않은 경우도 있다.

반품하는 택배 대장도 있어 혹시 모를 분실에 대비해서 맡기고 찾는 사람 사인을 꼭 받고 한쪽에 남아있는 택배는 교대자에게 서로 인수·인계하여 분실이 없도록 한다.

초소 옆에는 헌 옷 수거함이 있어 주민들이 안 입는 옷들을 버리는 함이 있는데, 방석이나 베개나 솜이불 같은 것은 종량제 봉투에 버려야 한다.

경비원 근무 수칙

어디나 비슷하다.

1. 경비원은 직속상관의 명령에 절대 복종해야 한다.
2. 경비원은 규정된 복장과 장구를 착용하고 청렴한 마음으로 근무에 임해야 한다.
3. 경비원은 친절 봉사하여야 한다.
4. 경비원은 근무지를 이탈하지 못한다.
5. 경비실은 언제나 청결히 하고, 언어 응대에 주의하여야 한다.
6. 경비원은 근무일지를 철저히 작성하여야 한다.
7. 경비원은 근무 중 음주 및 담배, 환각제 기타 약물 복용 및 반입을 절대 금한다.
8. 경비원은 근무 중 취침(야간 휴게 시간 제외)하지 못한다.

9. 경비원은 근무 중 도박 및 일체의 오락행위를 금한다.

10. 경비원은 근무 교대 시 정 위치에서 정확하게 인수, 인계하여야 한다.

11. 경비원은 사직을 원할 시 10일 전에 사직서를 제출하여야 한다.

12. 경비원은 상·하 및 동료 간에 인화·협조로서 맡은 바 업무를 성실하게 수행하여야 한다.

13. 경비원은 제 규정을 준수하여야 하며 위반 시 상벌위원회의 결정에 따라야 한다.

14. 경비원은 직무상 알게 된 비밀을 타인에게 누설하지 않는다.

📌 경비원 매일 근무일지란의 기재 내용

- 아파트 명: 2022년 ○○월 ○○일 요일   날씨
- 지시사항, 실시(조치)사항, 인수 인계사항,
- 휴게 시간: 주간 시간 야간 시간 확인자 사인
- 민원 접수 및 조치 결과~ 접수 시간 동 호수 민원(사고) 내용 조치 결과
- 기타 특별사항 근무자 성명 근무 초소 위치 확인 서명
- 주차 기록 일지(주차관리위반): 차량번호, 위치, 시간, 위반 내역, 스티커 발부(안내장, 경고장, 접착제 빨간 스티커)
- 순찰 시간 내용: 순찰자, 순찰 시간, 순찰 코스, 이상 유무(특이사항)

공동주택 관리사무소 및 주민의 실천 사항(예시)

✎ 행복한 공동주택을 위한 주민 실천사항

1. 경비원과 주민은 상호 인권을 존중한다.

2. 경비원은 내 가족, 이웃이라는 것을 잊지 않는다.

3. 경비원은 존중받아야 할 공동주택 구성원이며, 역지사지의 마음을 갖는다.

4. 경비원에게 반말, 욕설, 희롱, 무시하는 언행을 하지 않고 존중한다.

5. 서비스를 받을 때는 감사 인사를 하도록 한다.

6. 나의 부당한 요구가 다른 주민에게 피해가 되는 것을 인식한다.

7. 서로 잘못했을 때는 인정하고 사과한다.

8. 문제 제기는 합리적으로, 목소리는 부드럽게 한다.

✎ 행복한 공동주택을 위한 회사(입주자 대표회의)의 실천사항

1. 경비원의 기본적 인권 보장을 위해 적극적으로 지원한다.

2. 경비원 업무의 전문성을 인정하고, 그에 맞는 처우를 보장한다.

3. 경비원을 위한 안전한 근무 환경을 조성한다.

4. 경비원을 위한 적정 휴게 시간과 휴식 공간을 보장한다.

5. 경비원을 효율적으로 보호할 수 있는 건강보호 지침을 마련한다.

6. 경비원이 입주민 및 방문객의 부당한 행동(폭언, 폭행, 성희롱 등)에 대하여 자신을 보호할 수 있는 적절한 권한을 보장한다.

7. 경비원의 안전을 보호하기 위한 조직(고충처리위원회)을 둔다.

8. 경비원의 자기보호를 위한 정기적 교육을 실시한다.

9. 경비원의 정신적, 신체적 건강을 위한 프로그램을 적극적으로 지원한다.

10. 경비원을 위한 고충 처리 창구를 상시적으로 운영한다.

아파트 경비원의 권한(權限), 자위권(自衛權) 보장해야

남자들은 현직에서 은퇴를 하고 나이를 먹게 되면 할 수 있는 일은 경비가 많다.

내 주위에도 많은 지인이 하고 있다.

전에 요양원 근무를 하다 보면 일의 강도가 힘들다. 어르신들의 동태를 항상 주의 깊게 살펴서 안전사고를 미연에 방지하느라 몸을 많이 쓰고, 마음이 전과 같지 않고 항상 피곤을 갖고 살고 있었다.

그래서 이번에 경비라는 직업에 관심을 갖고 경비교육도 3일간 받고 이수하여 구청에서 알선하는 일자리센터에서(직업소개소에서도 알선해 주지만 소개 시 첫 월급의 10% 수수료를 주는 게 관행으로 되어있다.) 구직 신청하여 경비하는 일을 소개를 받았지만 아직까지 인권의 사각지대에 있어 과연 할 수 있을까 고민을 하던 끝에 몸이 잘 안 따라져도 하였던 요양보호사일 보다는 일단 경비 일에 집중하면서 이틀에 하루 쉬는 시간을 최대한 활용하기로 경비 일을 시작하였다.

경비 일 중에는 분리수거 하는 날은 1주일에 한 번씩 돌아오는데 경비원이 자리를 확보하고 종이, 플라스틱, 고철, 병, 깡통, 비닐, 스티로폼, 종이 박스 등을 담는 마대를 준비해 주고, 주민들이 들고나오면 분리하는 데 도움을 주고, 간혹 주민들이 아무렇게나 던져놓고 가면 경비원이 제대로 분리하기도 한다.

그리고 음식 쓰레기통도 깨끗이 청소 안 하면 냄새가 난다. 특히, 여름철에는 통을 깨끗이 물청소를 해야 그나마 냄새가 덜 나는데 어떤 주민은 그런 것 가지고도 민원을 건다.

또 폐기물 같은 것도 종량제 봉투에 담아 버려야 하거나 돈 주고 스티커를 붙여야 하는데 한밤중에 몰래 버리는 경우도 있지만(의식이 좋아져 많지 않다.) 그런 것이 있으면 양심에 호소하는 글을 붙이고 끝내 안 나타나면 CCTV를 통해 알아내기도 하지만 그것도 쉽지 않아 그러기 이전에 본인들이 해결하도록 찾아갈 때까지 잘 보이는 곳에 보관한다.

제일 골치 아픈 것 중의 하나는 가구당 차량이 많아 주차 전쟁을 벌이는데 야간에 주차된 차량 중에 외부에서 주차한 차량도 있고, 입주민이 주차 스티커를 안 붙이는 경우도 있다. 입주민의 차량은 아파트 형편에 맞게 1대는 무료이지만, 초과해서는 관리사무소에서 돈을 내고 스티커를 받아 차량에 붙여야 하는데 그 돈을 아끼려고 방치한다.

경비가 순회하면서 차량 안을 여기저기 스티커 붙어있나 확인을 하지만 어떤 차량은 스티커를 조금만 보이게 놓거나 앞면 유리 상단 구석에 조금 보이게 붙이거나 하는 등 해서 유심히 랜턴을 비춰 확인에 확인을 해서 스티커를 안 붙인 차량은 불법주차 끈적끈적한 빨간 스티커를 붙이고 차량번호를 메모해서 관리사무소에 제출한다.

그 이후는 관리사무소에서 알아서 하지만 경비반장을 통해 입주민 중에 관리사무소에 와서 입주민 차량인데 스티커를 붙였다고 폭언을 한다.

지하 주차장 주차 안내의 협조문을 게시판에 자주 붙인다.

내용을 얘기하면

▶ 단지 내 불법주차 차량을 단속하오니 스티커 미발부 세대는 빠른 시간 내에 발급받으셔서 불이익을 당하는 일이 없도록 하시기 바랍니다. (주차경고장 딱지를 부착합니다.)

▶ 지하 주차장 주차난으로 인해 입주민이 불편함을 호소하고 있습니다. 이면주차 시 사이드를 해체하여(풀어) 주시고 다음 날 아침 10시까지는 이동주차하여 주시기 바랍니다.

▶ 코너에 주차된 차량 때문에 지나가지 못하는 경우가 많습니다. 번거롭고 불편하셔도 코너 쪽 주차는 자제해 주시기 바랍니다.

▶ 주차공간이 협소하다 보니 민원이 폭주하고 있습니다.

혼자가 아닌 공동주택은 여러 사람이 함께 공유하고 서로 배려하며 더불어 사는 공간입니다.

주민이 전출을 하거나 전입 시에는 이삿짐 차량의 원활한 주차를 위해 주차 차량이 많은 관계로 주차 공간을 하루 전에 확보해 놓는다.

우리 경비원 중에는 쉬는 날 본인의 농장이라고 하는 데서 밭일을 한다고 한다.

또 다른 경비원은 낚시를 좋아해서 쉬는 날이면 낚시터로 향하고 바둑을 좋아하는 사람은 기원으로 가서 바둑을 즐기기도 하고, 잠을 잔 후에 저녁쯤 지인과 만나 술자리을 갖기도 한다. 또 어떤 경비원은 쉬는 날 투잡을 뛰는데 무엇을 하는지 절대 얘기를 하지 않는다. 그런데 취미가 없는 사람은 하루 종일 집에서 뒹굴거나 TV로 하루를 소일한다.

일산에는 조그마한 산들이 많아 둘레 길을 걷거나 가벼운 등산을 많이 하는데 어떤 경비원은 산에 가서 버섯을 채취하는 사람을 본다고 하는데, 가을에 등산하다 보면 야생버섯을 쉽게 볼 수 있다. 야생 식용버섯과 독버섯 생김새는 전문가도 식별하기 어려운 만큼 비슷하기 때문에 조심해야 한다.

국립산림과학원에 따르면 우리나라에 자생하는 버섯 1,900여 종 가운데 400여 종만 먹을 수 있다. 최근 5년간 신고된 독버섯 중독 사고는 90여 건으로, 10여 명이 목숨을 잃었다고 한다. 독버섯은 식후 구토·설사·발열·호흡곤란 같은 증세가 나타난다. 독버섯은 가열해도 독소가 없어지지 않기 때문에 절대 먹지 말아야 하고 야생버섯은 따지도, 먹지도 말아야 한다.

아파트에서 분리수거를 할 때 배출되는 쓰레기

경비들은 매주 분리수거 하는 날이면 하루 종일 바쁘게 주민들의 분리수거를 도와준다.

우선 종이, 플라스틱, 병, 깡통, 스티로폼, 비닐, 종이 박스 그리고 일반쓰레기 구분을 정확히 하여 옆에서 도와주면서 혹시 잘못 분리되는 것은 긴 집게로 제자리로 옮겨놓는다.

주민 중에는 거의 양심적이지만 비양심, 적당히 해서 버리는 경우도 있어 이럴 때는 다시 한 번 손이 간다. 간혹 음식 쓰레기통에 음식쓰레기를 쌓던 봉지도 있어 집게로 꺼낸다.

음식 쓰레기통은 차가 와서 하루 한 번 수거해 가는데 한여름에는 냄새가 엄청 난다. 그래서 음식 쓰레기통은 안에까지 매일같이 닦아준다. 게으른 경비는 귀찮아서 그대로 방치하고 교대자가 해주길 바라는 경우도 있어 서로 다투는 광경도 목격할 때도 있다.

코로나19로 비대면 문화가 새로운 일상이 되었다. 감염 예방을 위해 외식 대신 배달 음식을 주문해 먹고, 생필품을 온라인으로 구입하는 등 소비 패턴도 변화했다. 이처럼 갑자기 택배 물량이 늘어나서 전에는 좁은 경비실 안에 들여놓았는데 이제는 밖에까지 쌓아놓는다.

배달 음식 수요가 많아지면서 오토바이 소음으로 인한 민원도 많아서 경비들은 오토바이가 들어오면 꼭 시동을 끄라고 얘기도 하지만 잘 지켜지지 않아 경고장을 만들어 잘 보이는 곳에 설치한다. 그리고 배달

주문에 의한 생활 쓰레기도 함께 증가하고 있다.

생활의 편리함과 사회적 거리 두기의 대가로 커다란 사회적 비용을 부담하게 된 것이다.

그런데 선물 포장 등에도 불필요한 거품이 끼어있는 경우가 많다. 농산물의 경우 과일 선물세트의 리본과 띠지 등 과도한 장식물로 인해 제품 가격이 올라가지만, 포장지는 제품 구입 후 바로 버려진다. 이러한 과대포장은 소비자의 불만을 키울 뿐 아니라 자원낭비와 환경오염의 원인이 된다. 실속포장을 중시하는 소비문화의 정착이 절실하다.

이미 우리는 코로나19 사태로 자연 생태계와의 공존, 공생의 중요성을 충분히 깨달았다.

매주 겪는 일이지만 쓰레기가 엄청 나와 전국적으로 모으면 우리나라 금수강산이 쓰레기로 덮을 것 같아 걱정이 된다. 정부에서 쓰레기 줄이는 묘안을 찾아내는 고민을 꼭 해야 한다.

다행히도 지금 와서 기업들도 쓰레기 줄이기에 동참하는 것 같다.

C 회사는 친환경 스팸 선물세트 2종류에서 처음으로 노란색 플라스틱 뚜껑(캡)을 없앴다. 상품 최상단에 있는 이 뚜껑은 제품에 가해지는 충격을 줄이기 위한 용도다. 하지만 선물 세트에서는 상자와 칸막이로 상품이 고정돼 보호 장치가 필요 없다. 이 때문에 플라스틱 사용을 줄일 겸 없애버린 것이다.

이 회사는 고급 식용유 선물세트의 겉포장부터 트레이(보관함)까지 종이만 사용했다.

포장지에 글씨 등을 쓸 때 사용하는 잉크의 사용량도 줄였다. 명절이면 선물세트에 포함된 플라스틱, 스티로폼 등 각종 포장 쓰레기들이 넘쳐나 분리수거에 애를 먹는 이들이 적지 않다.

이 때문에 포장이 적거나 분리수거가 편한 친환경 포장을 선호하는 소비자들이 늘었다.

그래서 이런 소비자들을 공략하고 환경도 보호하기 위해 식품, 유통 업계가 다양한 포장 법을 선보이고 있다.

보통 통조림, 햄, 참치 캔, 식용유, 등으로 구성된 선물세트는 내부가 빽빽이 채워졌다. 띄엄띄엄 상품들을 재배치, 공간을 줄여 플라스틱이나 종이 사용을 최소화한 것이다.

고급스러움을 강조하는 백화점마다 '친환경'을 적극적으로 앞세우고 선물세트용 가방을 코팅 처리하지 않은 종이 재질로 교체하고 합성수지로 만들었던 가방 손잡이도 종이로 바꿨다.

그리고 부직포 대신 분리수거가 용이한 종이 재질의 쇼핑백을 개발했고, 플라스틱 용기 대부분을 투명용기로 교체해 재활용률을 높였다.

H 백화점은 선물세트 포장재를 모두 종이로 바꾼 '올 페이퍼 패키지' 과일 선물세트를 대폭 확대하고 기존에 사용하던 플라스틱 '고정틀', '완충 패드'를 모두 종이 소재로 바꿨다.

S 백화점도 일반쓰레기가 되는 나일론 천 포장 대신 분리 배출이 가능한 종이를 사용했다.

L 마트는 스티로폼 박스 등에 담겼던 정육 선물세트에는 재활용이 가능한 보냉백을 도입했다.

선물을 받고 버리는 쓰레기가 아니라, 여름철 쿨링백으로도 재활용이 가능하도록 만든 것이다. 관계자는 "친환경 포장은 상품을 제작하는 업체나 선물하는 사람 입장에선 환경보호에 동참한다는 의미가 있고, 선물 받는 사람들의 쓰레기 처리 부담도 줄여주기 때문에 반응이 좋다"며 "친환경 소재로 바꾸는 시도를 더욱 확대할 것"이라고 말했다.

쓰레기 매립장과 소각장도 포화 상태

경비원으로 근무하면서 매주 분리수거 시 나오는 재활용품이나 매일같이 그냥 버려지는 일반쓰레기를 볼 때는 남의 일로 여겨지지 않고, 앞으로 우리 국토가 엄청난 쓰레기로 큰 문제가 될 거라는 걱정에서 여러 문제를 다뤄보고 있는데 소각시설과 매립시설은 환경오염을 이유로 증축이나 신설이 어렵기 때문에 쓰레기 처리문제는 날로 심화하는 추세다.

그래서 기업형 불법 투기는 예전에 폐기물을 버렸던 장소나 빈 공장, 도로변, 하천, 외진 공터 등 취약 지역에 집중되는 현상이 많았다. 그러니까 묻을 땅 없고, 태우는 비용은 점점 올라 우리의 세금으로 틀어막는 실정인데 나의 생각으로는 쓰레기를 바다에 매립(서산 앞바다)하여 환경도 살리고, 국토(땅)도 넓히고, 쓰레기 처리도 해결하는 방안도 제시하고 싶다.

이렇게 하려면 많은 연구와 관계 전문가들의 의견을 수렴하고 정확한 데이터를 작성해야 하는데, 전문가들은 우선 폐기물 배출부터 정기적으로 운반·처분에 이르는 과정 전반에 걸쳐 관리·감독이 강화해야한다는 지적이다.

바다에서 나오는 생활 쓰레기도 걱정된다

육지에서 배출되는 플라스틱은 마모도와 태양광 분해 등에 의해 잘게 부서져 미세플라스틱으로 생성된다. 낚싯줄이나 스티로폼 부표, 페트병, 섬유 등에서 만들어지는데 얼굴에 발라 문지르다가 물로 씻어내는 클렌징이나 스크럽 제품에도 미세플라스틱이 있다. 해양 미세플라스틱은 유기물질과의 구별이 필요한데, 해양환경 내 유기물질이 워낙많아 이를 제거하고 걸러내기도 쉽지 않다.

또한, 바다 위를 떠다니는 쓰레기를 건지는 작업은 많은 장비와 노동이 든다. 더구나 '물때'가 맞아야 많은 쓰레기를 만날 수 있다. 해양폐기물은 해수면이 높고 바람이 일정하게 불어야 대량으로 수거할 수있다. 물이 높아야 해안 여기저기 흩어진 폐기물이 해양 표면에 뜨고,

바람이 일정해야 조류를 타고 한 장소에 모이기 때문이다.

선원들이 작대와 뜰채로 부표를 주워 올리려 했지만, 부표가 너무 무거워 건질 수 없을 때는 결국 필터 벨트를 가동시킨 후 어렵게 건져 올린 스티로폼 부표는 이미 절반 정도가 사라진다. 작은 알갱이로 이루어진 스티로폼이 오랜 기간 바다를 표류하며 바스라진 것이다.

명절 연휴에 급증하는 생활폐기물은 어떻게 처리하나?

양파나 채소 등을 보관하는 그물망은 비닐을 배출할 때 함께 내놔야 하고, 배, 사과 등 과일을 한 알 한 알 감싸는 스티로폼 포장재는 재활용이 어려워 종량제 쓰레기봉투에 넣어 버려야 한다.

환경부에서는 플라스틱 포장 용기는 내용물을 비우고 물로 헹군 후 재활용품으로 배출해야 한다. 이때 음식이 제거되지 않는 기름통, 케첩통 등은 종량제 봉투에 버려야 한다.

비닐 봉투와 스티로폼 그릇 등도 내용물을 씻은 후 재활용품으로 배출해야 한다.

깨끗한 투명 페트병을 외국에서 수입한다는 사실, 특히 일본에서 대부분 수입하여 장섬유를 만든다. 그리고 비닐포장재 등 시트를 만들고

천막 옷, 다시 음료를 담는 페트병으로도 재활용된다.

환경오염의 주범으로 여겨졌던 폐플라스틱이 탄소 중립, 고유가 시대를 맞이해 미래 자원으로 떠오르고 있는데 석유화학업계뿐 아니라 정유업계에서도 재활용으로 기술을 연구하여 사업으로 시작 단계에 있다.

국내에서는 폐플라스틱이 재활용으로 많이 이어지지 않고 쓰레기 산으로 쌓이고 있지만, 한편에서는 재활용업체들이 해외(일본)에서 폐플라스틱을 수입하는 상황이 벌어지고 있는 것은 안타까운 일이다.

주민들에게 제발 부탁은 '택배 박스 그리고 스티로폼의 테이프도 생수병 버릴 때 제발 라벨을 꼭 떼 주세요.'라고 부탁을 드리고 싶다. 그리고 주민들이 그냥 가지고 나온 품목은 현장에 있는 경비원들은 마무리로 바쁘게 빨리 기술적으로 떼어내는 요령이 있어 못다 한 부분을 우리 경비원들이 처리한다.

하지만 컵라면 용기, 컵밥 용기 등 씻어도 이물질 제거가 어려운 용기나 치킨 상자 속 기름종이, 헹궈지지 않는 비닐 등은 종량제 봉투에 넣어 버려야 한다.

재활용이 될 것 같아 헷갈리는 종목도 많다. 대표적인 것이 과일을 감싸는 그물 모양의 스티로폼 포장재다. 이 포장재는 재활용이 어려워 종량제 봉투에 넣어 버려야 한다.

노끈, 고무장갑, 아이스 팩 등도 종량제 봉투에 넣어야 한다.

도자기류, 유리 등은 잘게 깨서 불연성 마대를 편의점에서 구입하여 담아 배출한다.

명절 선물 포장에 많이 사용되는 보자기나 부직포 바구니 등도 재활용이 되지 않는다.

이것들도 일반 종량제 봉투에 넣어 배출해야 한다.

환경부는 "「폐기물 관리법」에 따라 생활폐기물을 무단 투기하면 최소 20만 원에서 최대 100만 원까지 과태료를 부과받게 된다."라고 했다.

생활 쓰레기 처리방안 제시

아파트 관할 동 주변을 청소하다 보면 간혹 마스크가 떨어져 있는 것을 보고 주울 때가 있는데, 2020년 초에는 신종 코로나바이러스 감염증(코로나19)으로 마스크 품귀현상으로 마스크조차 구하기 어려운 시기가 있었다.

그런데 이제는 마스크가 풍족해져 다양한 색깔의 고급 마스크도 등장했는데, 문제는 버려지는 일회용 마스크의 양이다. 지금은 전 국민이 사용한 뒤 버리는 마스크 물량을 단순히 산술 계산하면 인구 5천만 명에 마스크 무게(5g)는 하루에 최소 25만t에 이른다.

좀 더 상상해 보면 마스크 하나의 두께가 대략 1.6mm이니까 5천만 개를 한꺼번에 쌓으면 8만m에 달하고, 이 높이는 하루에만 서울 송파구 잠실 롯데월드타워(555m)의 144개 높이에 해당하니 놀라지 않을 수 없다. 우리 한국만 이러니 전 세계 70억 인구에 대입한다면 그 높이는 상상을 초월하니 생각만 해도 끔찍하다.

일회용 마스크는 버리는 양도 문제이지만, 제대로 수거하는 것 역시 중요하다. 비양심적으로 버릴 경우 자연적으로 썩는 데는 500년이 걸린다고 하고, 제대로 밀봉하지 않으면 수거하는 미화원의 감염 가능성도 있다고 한다.

다행히 최근엔 필터 교체형이나 구리 등으로 특수 처리해 3~6개월 사용할 수 있는 마스크도 있으니 일회용을 대체할 수 있는 오래 사용할 수 있는 마스크 사용을 고민해 봐야 할 것으로 보인다.

비단 어디 마스크만 그런가. 코로나19 확산 초창기에는 환자가 생활치료센터 등에 입소했다가 퇴소하면 환자가 쓰던 매트리스며, 이불을 전부 회수한 뒤 밀봉해 버리고 환자가 사용하던 모든 물품을 수거해 소각하기도 했다.

전에 감염돼 생활치료센터에 일주일 정도 입소한 한 분은 정부가 지원하는 다양하고 풍족한 생활용품에 놀랐다고 한다.

특히 샴푸, 린스, 보디워시, 연고, 비누, 칫솔, 치약 등은 혼자서 오래 쓸 수 있는 양이라고 하는데 퇴소하는 날 이 모든 물품이 회수돼 쓰레기봉투에 들어갔다.

전문가들도 퇴소해서 집에 가져가서 한동안 쓸 수 있다고 하고 또 아깝다고 생각이 들지마는 왠지 찝찝하니까, 혹시 모를 감염 때문이지만, 심지어 뚜껑도 열지 않은 생활용품에도 예외가 없었다.

아예 생활치료센터에 입소하는 환자들에게는 입고 있는 옷이 모두 회수되니 비싼 옷을 입지 말라고 공지하기도 한다. 환경부에 따르면 예전엔 의료폐기물로 소각했지만, 요즘은 소독제를 뿌리고 밀봉한 뒤 일반 생활폐기물로 소각한다.

재소독하면 충분히 사용할 수 있는 물품들이다. 환자들이 사용하던 물건인 만큼 본인이 가져가서 쓰면 되지 않을까? 아니면 지나치게 많은 양의 생활용품을 일회용으로 바꿔 지원하는 것도 방법이고 그렇게 예산이 많으면 성장할 수 있는 공장이라도 하나 더 세우기를 바라는 마음이다. 요즘은 재택치료를 받는 환자들도 집에서 사용한 것을 전부 회수해 소각하지 않는다. 이 모든 것이 환경오염의 주범이 될 수 있고, 이를 소각하는 비용도 만만치 않다.

재택치료자들에게 지원하는 치료 키트도 낭비 요소가 많다. 특히 산소포화도 측정기와 체온계는 개인이 살 경우 비용이 만만치 않다. 이런 것은 일회용품이 아닌 만큼 재사용이 가능하다. 회수해 다른 재택치료자들이 쓸 수 있는 방법을 충분히 찾아야 하겠다.

분리수거의 문제점

우리 경비원이 1주일에서 제일 바쁜 날이 분리수거 하는 날이다. 매주 재활용품을 분리 배출할 때 주차장 한쪽을 활용해 품목별로 모으는데, 점차 공간면적이 늘어나는데 그만큼 많이 배출되는 것이다. 그런데 일회용품이 엄청나오는데 그 일회용품을 없앨 수도 없고 하여튼 식품접객업소에서도 많이 사용하는 일회용품 중에는 컵, 용기, 나무젓가락, 이쑤시개, 수저, 포크와 나이프, 비닐 식탁보, 광고 선전물, 스티로폼, 플라스틱 등등 정부에서 많이 규제하지만 직접 대하는 우리 경비원들은 주민들이 낑낑 들고나오는 각종 분리수거용품들을 볼 때면 이 많은 것들을 어디에다 보관하나 걱정이 앞서 산더미같이 쌓여가는 것이 곧 우리나라 금수강산이 아니고 멀지 않아 쓰레기로 강산이 덮일까 봐 나는 걱정이 된다.

쓰레기를 줄여서 아름다운 우리 강산을 보존하는 캠페인도 설득력이 있어 보이는데 구호에 그치지 않고 활발한 운동이 필요한 시점이다. 명절 때 선물에 불필요한 거품이 끼어있는 경우가 많다. 농산물의 경우 과일 선물세트의 리본과 띠지 등 과도한 장식물로 인해 제품가격이 올라가지만, 포장지는 제품 구입 후 바로 버려진다.

이러한 과대포장은 소비자의 불만을 키울 뿐 아니라 자원낭비와 환경오염의 원인이 된다.

실속포장을 중시하는 소비문화 정착이 중요한데 이미 우리는 코로나

19 사태로 자연 생태계와의 공존, 공생의 중요성을 깨달았지만, 일부 몰지각한 주민 중에 여전히 페트병 속에 담배꽁초를 가득 넣어 눈살을 찌푸리게 하는 등 주민들 인식개선이 필요하다.

스티로폼 또는 종이 상자의 이물질도 꼭 제거해야 하는 것이다. 플라스틱 컨베이어벨트에서 플라스틱들을 골라내는 일은 숙련 노동자가 아니면 위험하고 까다로운 것 중의 하나가 테이프다.

택배 상자로 이용된 종이나 스티로폼 상자 대부분에 테이프가 덕지덕지 붙어있다.

스티로폼을 배출할 때는 테이프와 송장 같은 이물질은 뜯어내고, 이 이물질들을 일반쓰레기로 버리는 것이 원칙이다. 이물질이 없는 스티로폼은 열처리 등을 통해 액자 틀, 욕실 발판 등으로 다시 재활용할 수 있다.

또 버리는 물품 중에는 멀쩡한 여행용 캐리어가 보인다. 왜 버리는지 이해가 안 되고, 버릴 때 3천 원 스티커를 붙여야 하는데, 보관할 장소가 없는지 아니면 디자인이 싫든지, 아깝지만 고장이 났는지는 주인만이 알 것이다.

언젠가 바닷가에 간 적이 있는데 군데군데 소주병이 어지럽게 널브러져 있어 비단 해변가 말고도 산에도 여러 종류의 쓰레기를 볼 수 있다. 자연을 이렇게 훼손하면 우리의 삶에 나쁜 영향을 미치게 되는데, 재활용이나 폐품을 잘 이용하는 지혜를 모을 때이다.

우리 모두가 투명 페트병으로 분리해서 배출하자

우리 국민 모두가 한마음으로 일반 페트병을 투명 페트병으로 배출하면 애국자가 된다. 우리 주위의 작은 것부터 실천할 때 전 국민이 행복해지는데, 정부는 2020년 말 아파트 등 공동주택에서 투명 페트병의 라벨을 제거한 뒤 배출하도록 하는 제도를 도입했다. 그 전후로 기업들은 '분리가 잘 되는 친환경'이라며, 페트병에 '절취선 라벨을 붙인 제품'들을 잇달아 내놨다.

제품 이름·성분 등을 적은 라벨을 뜯어낼 수 있는 부분을 점선 등으로 표시한 것이다.

그런데 이 절취선 라벨이 잘 뜯어지지 않는 경우가 많은 데다, 라벨이 붙은 채로 버려지는 경우 이전보다 오히려 분류가 더 어려워져 재활용 업계에서 골칫거리가 되고 있다.

재활용 업계에선 '사실상 무늬만 친환경'이라는 지적이 나온다.

페트병 재활용의 핵심은 순수한 플라스틱 조각만 남기고 라벨이나 병뚜껑 등 이물질을 얼마나 제거하느냐다. 하지만 분류가 어렵고 잘 뜯어지지 않는 절취선 라벨이 뒤섞이면서 혼선만 커지고 있다는 게 업계의 주장이다.

소비자가 쉽게 떼 낼 수 있고 재활용 과정에서 분류가 쉬운 라벨을 도입해야 하지만 기업들은 '비용이 든다'고 난색이다. 한 음료 회사 관계자는 "라벨 소재나 디자인 등을 바꾸려면 제품을 만드는 기계 설비 등까지 바꿔야 하기 때문에 쉽게 결정하기 어렵다"고 했다.

경비원의 또 다른 이야기

아파트, 빌라, 주상복합, 상가 등의 경비원 업무 중에 바깥의 간단한 청소는 경비원들이 한다. 그러나 안에 들어가서 청소하든지 아예 정원을 꾸민다든지 하는 것은 경비원의 업무가 아닌 거로 「공동주택 관리법」의 시행령 내용이다.

그러나 모든 것이 예외가 있듯이 너무 법 조항에 따라서 일을 할 수는 없기에 융통성을 발휘하여 상식적인 범위에서 본인이 판단하는 것이 최선책일 것이다.

분리수거 문제도 분리수거 하는 곳을 감시하고 정리하고, 그다음에 분리수거 한 것들을 싣고 나가고 들어오고 하는 그 과정에서 뒷정리 정도는 한다. 대형 폐기물을 슬쩍 버리지 않도록 감시하는데, 무거운 짐을 무거운데 옮겨 달라 이런 것은 안 된다고 하지만 야박하게 거절을 못 하는데, 이렇게 주민이 도움을 요청하는 경우는 드물다.

가장 민감한 문제들은 역시 주차 문제와 택배 문제 관련 업무는 허용되는 것과 제한업무로 나뉠 수 있는데, 허용되는 업무는 차들이 드나들고 주차하는 거 제대로 하는지는 관리를 한다. 그리고 요즘엔 택배도 택배 직원이 직접 배달하는 현관 앞까지 배달을 해주는데 간혹 귀중품이나 여의치 못할 상황에서 경비실로 부탁을 하는 경우도 있다.

그럴 경우 맡아주고 장부에 기록까지는 하는데 그 택배를 입주민 집까지 배달을 해주거나 주차도 대리 주차하는 것은 경비원의 업무가 아닌 거로 원칙으로 되어있지만, 현실에서는 보관된 택배를 빨리 안 찾아가는 경우에는 경비원 역시 답답하고 껄끄러워 직접 주인이 있는 것을 확인하고 갖다 주는 경우도 있지만 그래야만 속이 개운하다. 만약 택배 물건이 고기나 생선 등 시간이 지나 변질되면 낭패가 되니까 경비실에 맡긴 택배는 바로바로 연락하지만 연락이 잘 안 되면 밤에 그 집에 불이 켜졌으면 확인하고 갖다 주면 입주민도 미안하면서 고마워하고 나도 해결하여 마음이 개운해진다.

그리고 주차 문제도 여성 운전자의 경우 초보라서 주차를 잘 못 해 쩔쩔매고 있어도 대리 주차를 해줄 수 없다. 경비를 하면서 대리 주차를 해주다 옆의 차를 경미하게 긁은 딴 경비의 경우도 있는데, 그것 때문에 경비원 자신의 돈으로 변상을 한 경우도 있다. 이런 일이 자주는 없어도 있기는 있다. 그래도 입주민의 간곡한 요청이 있을 때는 난감하지만 조심스럽게 해줄 수밖에 없고, 그런 경우는 거의 없다고 보면 된다.

우리 경비원 업무의 70%가 경비 이외의 업무라고 한다. 하지만 모든 경우를 생각해도 이것저것 따질 수 없는 위치라 그냥 잘리지 않고 오래 다니길 경비원들은 바란다.

경비원의 인격을 무시할 때 대처 방법

경비원은 많은 사람 상대하는데 말을 거칠게 하거나 무시한다든가 간혹 있다고 하는데, 내가 겪은 바로는 그런 사람이 거의 없다. 소위 갑질 형태라고 하는데 그것도 상대방을 보고 하는 것 같다. 나는 키 크고 우람하게 보이니까 그러지 않는데 보통 같이 근무하는 동료들을 보면 똑같이 키가 작다. 겉으로 왜소하게 보이니까 만만하게 보였는지 모르지만 일단 덩치가 있어야 쉽게 덤벼들지 않는다. 한번은 초소 안에서 잠을 청하는데 주민(남자) 한 분이 한밤중에 택배 온 게 있냐고 문을 두드려서 문을 열어주면서 "없는데요."라고 했더니 본인이 듣기에 거칠게 들었는지 "왜 신경질 내세요?"라고 대꾸하여 어이가 없지만 "제가 신경질 내지 않았는데요."라고 해서 지나갔는데 그 당시에는 다음 날 관리사무소에 가서 내가 불친절하다고 할 줄 알았는데 아무 얘기가 없어 은근히 걱정이 되었지만 그런 일도 있었다.

다행히 그런 일이 없이 지나갔지만, 그때 느낀 것은 잠결에 안경도 벗고 얼른 일어나 얘기하는 소리가 퉁명스럽게 들렸을 거다 생각하니 되도록 어떤 상황에서도 서비스 정신을 발휘해 맑은 목소리로 되도록 친절을 베풀어야 한다고 다짐했다.

직업에는 귀천이 없다고 하는데 이런 일도 있었다고 들었다. 한 아파트에서 동대표가 지나가는데 경비원이 못 알아보고 인사도 안 했다고 관리사무소 소장에게 경비원 바꿔달라고 이야기한 경우는 완전히 무지

한 갑질 행동이라 경비원들의 원성을 샀다고 한다.

또 지방에서는 동대표 회장의 아들이 밤에 늦게 들어와서 정문 차단기를 늦게 열었다고 폭력행사를 했다는 기사도 보았고, 심지어는 젊은 사람이 반말을 하며 거칠게 행동한다는 이야기를 들을 때 나는 겪어보지 않은 일이라 먼 나라 이야기로 들렸다. 우리 경비원들은 항상 자부심을 가지고 떳떳하게 일하는 방향으로 하지만 돌발사고가 났을 때는 현명하게 대처하는 방법이 어려울지 몰라도 슬기롭게 넘어가도록 해야 한다.

장기적인 목표를 가지고 그 한순간만 넘기면 되니까 한숨을 길게 쉬고 담담하게 넘어가자. 이 세상에 쉬운 일은 없는 것이다.

입주민들의 인식도 많이 좋아졌다

지금은 갑질 방지법도 있고 유명무실한 휴게 시간도 있고 하지만, 정말 휴게 시간을 철저히 잘 지키는 곳도 있다. 내가 두 번째로 들어간 아파트인데 휴게 시간만 되면 초소 앞 지하실에 방을 만들어 줘서 초소에 휴게 시간 팻말을 걸고 들어가서 알람을 맞춰놓고 짧은 시간이나마 잠을 청한다. 그러나 거기서 오래 버티지 못한 이유는 말은 경비원이지만 잡부같이 여성소장이 일을 찾아서 많이 시키니까 일의 강도가 심해 한 달 만에 사직을 했었다.

입주민들은 경비원 휴게 시간을 잘 모르니 와서 초소 안에 없으면 관리실로 전화를 한다. 그럴 때 자세히 설명을 해주면 그러냐고 이해를 해주는 주민들도 있다.

경비원들 휴게 시간 철저히 지키라고 교육도 받고, 주민들도 인식이 되어 찾지 않고, 경비는 자기 권리를 찾고, 주민들도 경비원에게 따뜻하게 수고한다는 인사라도 건네면 서로 상생하는 모습을 보일 것이다. 주민이 별일 아닌 것 가지고 화를 돋우면 경비 얼굴에 그늘이 지고 부자연스럽고 행동이 뜨는 모습, 화가 나는 것을 삭히려고 하니까 주민에 대한 서비스도 저하되고 모든 일을 대충 하게 된다.

보통 동대표들이 경비원의 인사권에 관여를 하지만, 경비원이 관리소장에게 불만을 이야기한다면 소장은 경비의 입장을 대변해서 총대를 메는 소장이 과연 얼마나 될까?

참으로 어려운 일이다. 소장도 본인 자리를 보존하려면 균형 있는 일 처리가 필요한데, 간혹 그만두는 소장도 여럿 보았다. 주민 중에는 안하무인격으로 자기화가 나는 것만 이야기한다.

전화로 실컷 이야기하고 일방적으로 끊는 사람도 있다.

상대방의 인격에 대해서는 무시하고 자기가 대우받으려고 정당한 이유가 있어야 경비를 문책하는데, 막무가내로 소장도 관리직이므로 경비원이나 미화원은 사회적 약자인데 어디 가서 큰소리 못 치는 사람들이 만만한 사람에게 큰소리 친다.

잘나고 잘 나가는 사람은 약자에게 뭐라고 그러지 않는다. 이 세상에는 그래도 좋은 사람들이 많아서 이 사회가 온전하게 돌아가는 것이다.

아직 에어컨이 없는 경비초소도 있다

내가 6번째로 올해(2022년) 1월 1일부터 근무하는 곳이 에어컨 설치가 안 되어있다. 이 아파트도 30년이 넘은 아파트라 아직 여기서 여름을 겪어보지 않았으나 모든 게 마음이 들어 잠깐 동안의 무더위는 감수하고 지낼 수 있다.

에어컨을 설치하려면 돈이 들어가고 또 사용을 하니 전기요금이 발생하는데 모든 것이 관리비에 포함되니 주민 중에서 10원, 20원 따지는 사람들도 있다. 그러다 보니 설치를 못 하는 경우도 있고, 설령 설치한다고 해도 매일매일 전기 계량기 확인하여 경비일지에 사용량을 적으라고 하는 아파트도 있다.

에어컨도 자기 집에서는 팡팡 틀어놓고 열악한 경비실에는 설치도 못 하게 하니, 아끼는 것도 좋지만 그 비용도 나눠서 내는 건데 모든 것은 마음의 문제다.

물론 소수의 의견으로 반대가 있을 수 있으나 한여름 때 볕에서 일하다 들어오면 시원하게, 그러면 경비원도 기분이 좋아 효율적으로 일하게 되는데 특별한 경우가 있어서 설치 못 하는 경우도 있다.

내가 바라보는 경비원의 업무 실태

우리나라의 아파트가 이제는 1천만 가구를 돌파했다는 기사를 수년 전에 접했고, 서울은 70%가 아파트다. 아파트를 들어서면 제일 먼저 눈에 띄는 곳이 경비초소이고, 그 안에 경비 아저씨가 앉아있다. 아니면 빗자루 들고 청소하는 모습을 볼지도 모른다.

그러나 그 경비원들은 고용불안과 저임금, 열악한 근무환경, 인권 사각지대에 놓여있다.

우리 경비원들은 좁은 화장실에서 쌀을 씻고 전기밥솥에 밥을 하고 식사도 초소 안에서 먹다 보면 창문이 훤히 밖이 보이는 투명유리로 되어있어 안이 잘 보여 식사 중에 주민과의 접촉을 피해 초소 안에 딸린 화장실에서 식사를 많이 한다. 그래야 그 시간이나마 남의 간섭 없이 조용히 식사를 마칠 수 있기 때문이다.

경비원의 문제점은 여러 가지가 있을 수 있겠지만, 그중에서 계약 기간이 짧기 때문에 단기 계약에 따른 불안 부분들 그리고 휴게 시간을 받아도 제대로 쉴 수 있는 공간이 없다(경비들은 대부분 무관심).

그리고 휴게 시간이 짧은 경우(대신 급여가 많다.)도 있다. 관리소에선 경비업무가 주 업무 또 경비업무 외에도 환경미화, 주차 관리, 택배 수령이라든지 여러 업무를 하기 때문에도 처우가 굉장히 안 좋고 열악하고 일부 주민의 갑질 형태로 고민하고 있다.

아파트 경비원이 하는 주 업무는 방범과 순찰이다. 이 외에도 주·야간 여러 군데(초소, 아파트 현관, 엘리베이터 입구, 가로등, 지하 주차장 등등) 소등과 점등을 하고 쓰레기 줍기, 담당 구역 청소하기, 음식 쓰레기통 물청소, 비닐 정리, 주민들 택배 관리, 방문 차량 등 외부 차량 점검, 주차장 순찰(스티커 확인), 재활용 분리수거, 비 오면 현관에 카펫(부직포) 깔기(낙상사고 방지), 단지 내 풀 뽑기(봄, 여름, 가을), 제설작업(겨울), 야간 한밤중에 1시간 순찰(아파트 전 지역 코스 찍는 곳 24군데) 이렇게 많은 업무를 감당하는 노동의 강도가 센 경비원들이지만 주민들 입장에선 편하고 쉬운 근무라고 생각할 수도 있다.

그래서 입주자 대표들이 하루라도 체험을 해보면 이해할 거라고 믿는다.

만약 이런 문제도 생각해 볼 수도 있다. 경비원에게 본 업무만 하고 부수적인 일을 하지 말라고 하면 오히려 인원을 다시 충원해야 하는 문제가 생기기 때문에 경비 인원을 외주를 주는데 그 아웃소싱하는 업체에서도 좋아하지 않는다. 경비원들 입장에서는 우리가 모든 것을 할 테니 자르지 말라는 이야기를 한다. 그래서 입주민과 경비업체가 계약을 체결하기 나름이다.

경비원의 보수와 관리비의 부담이라는 것이 서로 간에 상충하는 부분이 있기 때문에 문제가 발생하고 있다.

경비원들에게 부가적인 업무를 많이 주면서 돈 때문에 해고하고 하는 이유는 경비원이 많아 줄이려고 현재 정문에 차단기를 설치하는 자동시스템을 만들면 그 시스템이 택배 문제까지 해결해 주지 않는다. 그리고 잡초도 뽑지 않으니 주민들이 앞뒤가 안 맞는 생각을 한다는 생각이 들기도 한다. 아파트마다 택배를 초소에 맡기는 곳도 있고 택배를 주민에게 직접 전달하는 곳도 있지만, 후자가 더 많다.

요즘 온라인상으로 쇼핑이 활발해 지면서 택배 물량이 많이 늘어나고 택배가 배달되는 시간에 실제 집주인이 없을 경우에 그 집 출입문 앞에 놓고 가거나 저녁에 찾아가는데 안 찾아가는 경우에는 저녁에 그 집에 불이 켜져있는 것을 확인하고 경비원이 직접 들고 배달해 주는 경우도 있다. 그렇지 않고 찾아갈 때까지 그냥 경비초소에 보관해 두면 택배 내용물이 생선이나 음식 등 상하는 물건이면 나중에 낭패를 본다.

나도 처음에 초소 안에 보관된 물품을 신경 못 쓰다가 주민에게 잔소리를 들은 적도 있었다.

그리고 좁은 초소 안에 물건을 쌓아놓으면 불편하다. 또 택배가 분실되는 경우가 드물게 있지만 이런 경우는 택배 분실에 대한 책임을 지는 경우도 있어 신경을 바짝 쓰기에 비치된 택배 수령확인서라는 장부가 있어 맡기는 사람과 찾아가는 사람을 꼭 확인하고 사인이 받는다.

오후 시간에는 게시판을 확인하여 게시된 공람 중에 날짜가 지난 것은 빼내고 새로운 소식들을 채워놓는다. 날짜가 지난 것이 계속 붙어있으면 그날 근무자가 성실히 근무를 하지 않은 것으로 오해를 받을 수 있다.

이렇게 하루 일과가 바쁘게 지나가다 보면 휴게 시간도 제대로 지켜지지 않는 것도 사실이다.

주민들이 볼 때는 경비원이 하루 종일 앉아있는 것처럼 보이기 쉬운데 그것도 생각하기 나름이고, 실제로는 노동 강도가 센 편이다. 긴 시간 하는 업무가 많다 보니 틈을 내서 앉아있는 것이다.

휴게 시간이 보장되어 있는데, 그 사실을 잘 아는 주민은 많지 않다. 남의 일이니 신경 안 쓴다. 휴게 시간이 있더라도 별도의 휴게 공간이 있는 것도 아니고 자연스럽게 초소 안에서 보내게 된다. 그래서 제대로 휴식을 취하지 못할뿐더러 별도의 공간에서 휴식을 취한다 하더라도 자리를 비우게 되면 근무 형태를 잘 모르는 입주민에게 '근무 태만 아니냐?'라는 질책을 받을 수도 있기 때문에 더더욱 휴식하기가 어려운 부분도 있는 것 같고. 실제 순찰과 방범이 주 업무이지만 다른 업무까지 해야 하는 노동 강도가 심하다고 볼 수 있지만. 현재의 여건에서 경비원 동료들은 묵묵히 잘 수행하고 있다.

법대로 실천하면 근무가 어렵다

어떤 근로조건에서도 휴게 시간은 법으로 보장이 되어 기본적으로 「근로기준법」에는 8시간 근무가 기본이고 연장 근무를 하면 1시간 휴게 시간을 주고 연장 근무를 하는 것이 원칙이다.

감시 단속적 업무에 종사하는 경비원 고용노동부 장관의 승인을 받게 되면 일반적인 근로기준법상의 휴게 시간 있는 노동시간을 보장받지 않아도 된다. 그래서 24시간 근무가 가능하고 입주민과 계약을 어떻게 하느냐에 따라서 휴게 시간이 얼마나 보장하느냐 각각 달라지는데, 그것을 기본적으로 해주는 사람이 경비원을 고용하고 있는 용역업체이다.

용역업체에서는 아파트 입주민들과의 관계를 더 우선적으로 고려하기 때문에 경비원들이 누려야 할 휴식 시간들을 생각하기 어렵고, 그런 것들이 계약서에 구체적으로 적혀져 있다 하더라도 실제로 잘 지켜지지 않는다. 그래서 휴게 시간을 다 찾아 먹는 사람은 많지 않다.

이런 열악한 근로조건에도 오히려 '이게 힘든 게 아니다. 우리는 고용이 불완전해서 더 힘들다. 그게 가장 큰 고통이다.'라고 얘기하고 있다.

지금 아파트 경비원의 근로계약 형태를 보면 크게 고용 방식을 두 가지로 나눌 수 있다.

하나는 입주자 대표 회의에서 직접 고용하는 방법과 경비용역회사에서 고용하는 방법이다.

요즘은 경비용역회사를 통해서 경비원을 고용한다. 최근에 가장 문제가 되는 것은 근로계약이 전에는 1년으로 했지만, 이제는 3개월짜리 촉탁직으로 계약한다든지, 3개월마다 근로계약서를 다시 쓰게 하는 초단기 계약 형태로 계약 기간이 점점 짧아지고 있다.

우리 경비원은 임시직이다

정기적 노동자가 있으면 임시직 노동자가 있고, 이들은 법의 사각지대에서 보통은 3개월에 한 번씩 임의로 본인이 퇴사했다가 다시 들어오는 형식으로 계약서를 작성한다. 법적으로 그 자체가 문제라고 지금으로써 볼 수 없는 부분이 있는데 그런 것들이 쌓여서 예를 들면, 단기적으로 3개월 단위로 봐줘야겠지만 그렇게 경비원에게 물어보면 지금은 그런 것이 관례이기 때문에 그저 잘리지 않고 계속 일하기를 바라는 입장이라 그런 부분에 신경을 안 쓰는 것도 사실이다.

최저임금이 해마다 오르니 주민들 입장에서는 경비원에 들어가는 가구당 액수는 얼마 되지 않으나 경비원들이 하는 것 없이 많은 급여를 받고 있다는 인식이 깔려있다.

그러다 보니 경비원을 축소하여 무인경비시스템을 도입하는데 경비원들은 우리가 최저임금 올려달라고 안 했는데 최저임금을 시행하면서 오히려 일자리를 잃는 결과를 초래하는 것이다.

비정규직을 정규직으로 만들자 했더니 쪼개서 계약하고, 최저임금을 조금 올려서 대접을 해주자고 했더니 아예 해고를 당하고 이런 일들이 벌어지는 것은 일선에서 일을 안 하고 책상에 앉아서 탁상공론으로 정책을 만들기 때문이다.

경비원과 주변의 관계

지금 야간 근무를 마치고 집에 와서 이 글을 쓰고 있다. 좀 피곤해도 글을 쓸 때는 행복한 건 내 책이 나와 많은 사람이 우리 경비원들의 일을 이해하고, 더 나아가 나와의 소통을 원하면 어디든지 쫓아갈 여러 준비를 한다. 여러 번 거론하지만, 우리 경비원의 문제 중 하나가 주민의 갑질이다.

「경비 갑질 금지법」은 2021년 10월 21일부로 시행되었다.

갑질은 내부적과 외부적인 갑질이 있다. 신문에 난 기사처럼 택배를 자기 집으로 안 가져왔다고 자르겠다고 하는 표현은 매우 불편하고 민망스럽다.

관리소에 와서 왜 그 사람 안 자르냐고 고함치는 진상 주민도 있지만, 관리소장은 경비원을 자기 식구이니까 감싸고 보호하면서 언성을 높여 다툴 수 없는 입장이라 주민의 잘못된 의견을 조심스럽게 지적을 하고 이해를 부탁하는 경우가 많고, 어떤 무식한 소장은 자기도 당할까 봐 경비원을 불러 야단치는 경우는 외부적인 일이다.

내부적으로도 갑질 형태는 소장이 임명한 중간 관리자와 간혹 접촉을 하는 기전실 직원들과의 껄끄러운 관계다. 물론 대부분 사이가 나쁜 경우는 거의 없지만, 사회생활은 살아가면서 항상 변수가 따르기 마련, 그래서 좋은 인간관계의 형성은 어디에서나 필요하다.

소장은 개인적으로 개인의 경비원과의 접촉은 거의 없다. 소장 자신도 하는 업무가 상당히 많을 것이고, 얼굴도 거의 못 본다. 굉장히 드문 예인데 한 경비원이 근무를 하다가 암에 걸렸는데 병원에서 치료를 받는 기간에 주민들이 대신 경비업무를 보았다는 미담 기사도 있었다.

소장은 마음이 넓어야 하고, 믿고 따라오게 하는 리더십이 필요한 존재다.

근무를 하다 보면 경비원끼리의 다툼이 있을 시 완충 역할을 하여 원만하게 끝나도록 양쪽을 형평성 있게 조율하는 능력이 있어야 한다. 여기서 경비원의 다툼이란 교대 시에 많이 발생하는데, 확실한 업무관계로 해야 할 일과 동료 간의 신뢰성이 중요하다. 상대방을 만만히 보고 예의 없이 행동하거나 깔본다든지, 일을 적당히 하고 마무리가 소홀한 것 등이다.

소장은 경비원이 들어온 지 얼마 안 됐을 때 그 경비원에게 애로사항이나 건의사항 등을 물어보는데, 지금까지 인간적으로 다가온 소장은 나의 경우 경비원 자리를 여러 번 옮겼지만 한 번도 없고, 오히려 내가 교대자와의 다툼으로 인해 6번째 근무지에서 근무를 그만두게 되었다.

경비원을 하려면 과거는 전부 잊어라

누구든지 경비원을 하겠다면 과거의 모든 것을 잊고 백지상태에서 시작하여야 맞는 이야기이다. 경비를 하겠다는 사람이 내가 전에 무엇을 했는데, 어디에 있었는데 이런 생각은 다 버려야 한다. 예전에는 누구나 다 그랬다. 잘 나가지 않은 사람이 어디 있겠냐만은 덤으로 살고 인생 2모작이 되면 다시 시작하기에 경비이면 경비답게 행동하라.

그래서 처음 경비원 시작할 때 이력서란에는 과거 경력을 줄이거나 없애야 면접관이 쉽게 결정을 내리는데, 대기업 다녔고 아니면 큰 사업을 했었고, 교장으로 퇴직했고, 장교로 근무했고, 돈 많다고 본인 스스로 자랑하면 남의 시선에서 무덤을 파는 것이기에 면접에서 떨어지는 것은 당연하기에 이력서도 줄여서 쓰는 낮은 자세가 필요하고 현명한 처사다.

나는 이렇게 생각한다. 이 나이에 그래도 직장을 구해 다닐 수 있는 것만도 나에게는 축복이고 행운이다. 귀하게 얻은 직장 여기서 열심히 해서 마지막의 직장으로 마침표를 찍자고 생각한다.

경비를 하려면 집에서 나올 때 간, 쓸개 다 빼놓고 나오라고 한다. 그래서 유독 자존심이 강하고 성격이 까칠하고 자기 자신을 세우는 그런 사람은 경비하는 데 어려움이 많고, 사고를 많이 친다.

나는 경비원의 중요한 덕목은 역시 동료 간의 화합이라고 생각한다. 그래서 경비원의 바로 위 중간 관리자는 반장이다. 팀장이라고 부르는 데도 있는데, 경비원 각자의 행정업무나 지시사항을 모아서 전달하고 시행하도록 도와주고, 소장이나 용역업체의 지시를 받고 감독하는 권한을 위임받아 바쁘게 움직인다. 낮에 활동을 많이 하니 경비원의 야간 순찰은 빼주고, 약간의 직책수당(5만 원, 10만 원)도 나온다.

경비법 조항을 자세히 들여다보면

경비원의 모든 업무는 법령으로 명시되어 있는데 어기면 시정명령, 과태료, 경비업체 허가 취소 등 제재가 있는데 이런 문제가 발생한다. 경비 외의 업무가 많은데 이런 것을 하지 말라고 하면 누군가를 더 써야 하나 그러면 경비원 숫자를 줄여야 하나 이런 문제가 생긴다.

그래서 보완해야 할 것들을 정리해 보면 우선 소속이 어딘지와 나이에 따라서 상황은 다 다르다.

여기에 맞춰서 매뉴얼을 더 자세히 만들고, 아파트 측과 지자체가 함께 교육도 하고 컨설팅을 당분간 해줄 필요가 있다.

경비원들 맘에 안 들면 내보내기 좋게 초단기 계약을 하면 곤란하다. 내가 지금 근무하는 곳과 전에 있던 곳에서도 3개월 단위로 근로계약을 하고 있다. 그리고 경비와 입주민 사이에 다툼이 있으면 경비업체를 바꿔버린다. 그럴 경우 고용 승계를 어떻게 해야 하나 이런 문제도 더 논의가 필요하다. 아무튼, 사람들 사는 마을인데 서로 어려울 때는 돕고 살아야 하겠고, 그러면서 서로 이해하면 되는데 상호 인식 개선과 상생의 균형을 찾아 잘 되기를 바랄 뿐이다.

경비원의 인간관계는 제일 중요하다

"10명의 친구보다는 1명의 적을 만들지 말아야 한다."

제가 여러 군데 아파트에서 경비직으로 근무하면서 겪은 이야기이지만, 근무처에서의 인간관계는 무엇보다 중요한 것이다.

우선 교대하는 파트너하고의 관계가 나쁘다면 서로 스트레스 받고

둘 중에 한 사람이 먼저 그만두는 결과를 많이 보았고, 이번에 나도 교대자와의 다툼으로 지금의 아파트로 7번째 근무처를 옮기게 되었다. 3년 세월에 벌써 7번째라니, 나의 성격에 문제가 있는 게 아닌지 돌아본다. 우선 같이 쓰는 좁은 초소 안에서 깨끗이 사용해야 하는데, 예를 들어 같이 쓰는 책상 위가 지저분하거나 초소 안에서 매번 식사를 하는데 뒤처리를 잘 못 하거나 국물을 흘리거나 냄새가 난다든지 하는 경우는 교대자가 싫어하는 경우가 많은 것은 인지상정, 그러니까 성격이 털털하면 그냥 넘어갈 것도 성격이 깔깔하고 칼칼한 성격으로 트집을 하는 사람도 많다. 그리고 인수인계를 잘못하거나 빠트리는 경우도 불평의 원인이 된다.

또, 야간근무 시 초소 안에서 수면을 취하는 경우 새벽에 일찍 일어나서 침구 정리정돈을 잘해야 하는데 엉성하게 해서 보기 싫다든지 하는 것도 조심해야 한다. 나이가 서로 같으면 그래도 괜찮은데 약간의 나이 차가 나면 보통 심한 갈등이 되어 싸움의 불씨가 된다.

이 말은 동료 간에 나이가 비슷하면 그래도 넘어가는데, 나이가 차이가 나면 많은 쪽은 호칭에서 신경을 쓰는데, 요즘 존대하거나 상대방을 배려해서 높임말을 써야 하지만 그렇게 하면 자기의 품격이 떨어진다고 생각하는지 소위 맞먹으려고 하는 경우가 많다.

그러다 보니 생각보다 경비원끼리 말을 하지 않으니 살벌하다고 하는 표현도 맞을 때가 많다.

더구나 단지에서나 관리사무소 입장이나 동대표나 입주민들이 보는 입장에서도 경비원끼리의 대화는 잡담으로 보여 당연히 싫어하게 된다.

또 인간관계에 대해서는 타인을 험담해서는 안 된다. 험담을 하거나 하면 그 말이 비밀로 지켜지지 않고 이상하게 돌고 돌아 더 나쁘게 비약해서 본인 귀에 들어온다. 인간은 남의 이야기를 듣기 좋아해서 이 세상에 비밀은 없다. 한마디 한마디, 특히 동료 간이나 주민들과의 대화는 언제나 신경 써야 하니까 침묵은 금이다. 입이 무거워야 한다. 말이 많으면 언젠가는 실수를 한다. 집게손가락으로 남을 험담하며 가리키면 뒤에서 세 손가락이 나에게 오고 엄지손가락으로는 하늘을 욕하게 된다. 마케팅에 '3대33의 법칙'이 있는데, 나에게 호의적인 사람은 나의 좋은 점을 3명에게 이야기하지만, 악의를 가진 사람은 33명에게 나쁜 이야기를 한다는 뜻이다. 해석하면 '10명의 친구보다 1명의 적을 만들지 말라는 법칙'이다. 그래서 10명의 소중한 친구도 중요하지만, 1명의 적을 만들지 않는 것이 중요하다.

또한, 인생을 살다 보면 조금은 손해 보듯 살아야 한다는 생각을 가지고 있어 약간의 손해 보고 사니까 마음이 편안하고 그게 나중에 이득으로 돌아온다.

일본에는 관상어로 기르는 비단잉어(고이)가 있다. 어항에서 기르면 어항 크기에 맞춰 자란다. 연못에서 기르면 또 연못에서 기르면 10kg가 넘을 정도로 커진다. 꿈의 크기가 크면 노는 물이 달라진다. 노는 물이 달라지면 인생이 달라진다. 고이를 잊지 말고 원대한 꿈을 갖고 꿈을 위해 부단히 정진하는 노인의 모습은 결과야 어떻든 멋지지 않을까?

공감의 힘은 사람들의 마음을 훔친다

사람들의 마음을 사로잡는 것은 화려하고 대단한 것이 아니라 공감할 수 있는 것임을 알아야 한다. 경비원으로 일하다 보니까 이사 가는 광경을 자주 목격하는데 이사가 끝날 때쯤에는 혹시 폐기물이 나오지 않나 신경을 써야 한다. 간혹 이삿짐을 나르는 사람 중에 집주인이 놓고 간다는 이야기를 하면 아무 데나 버리고 가는 경우에는 스티커 붙이는 비용을 경비가 부담하는 경우가 생기기에 우리는 이사를 할 경우에는 폐기물이 나오는지 확인하고, 나온다면 스티커 비용을 집주인에게 하나하나 청구하여 받는다. 이사 가는 세대는 이삿짐센터에 연락을 해서 견적을 뽑고 정한 날짜에 와서 이삿짐을 옮길 때 힘이 좋은 몽골 사람이 많다고 하는데, 외모도 한국인과 똑같기 때문이다.

이사를 오면서 인심이 넉넉한 집들은 이삿짐센터 직원들에게 고생한다며 점심을 대접하거나 팁을 챙겨주곤 한다. 그런데 일부 센터의 한국인 직원들은 집주인에게 '보너스'를 받았다는 사실을 숨기거나 일당에서 이 돈을 차감하고 지급하는 일이 있었다고 한다.

어렵고 힘든 일을 하는 외국인 근로자들은 외국에 나와서 일하다 보니 무거운 짐을 들거나 어려운 일을 도맡아 하는 일이 빈번하다. 한국어를 능숙하게 하지 못하거나 문화를 잘 모른다는 이유로, 또는 외국인이라는 이유로 노동의 대가를 정당하게 받지 못하는 일이 생각보다 많이 발생하는 것이 우리 사회의 현실이다.

어떤 이들은 "그렇게 힘들면 고국으로 돌아가라"고 말하지만, 돌이켜 보면 한국도 독일로, 중동으로 노동 인력을 보내 외화를 벌어 한국의 경제성장에 이바지한 경험이 있다.

아픈 추억과 같은 고난을 경험한 사람끼리 사이좋게는 지내지 못하더라도 정당한 노동의 대가를 지급하고 약속한 금액으로 보너스가 돌아오면 나눌 줄 아는 여유가 필요하다.

많은 외국인 근로자들이 꿈을 품고 찾아온 대한민국 곳곳에서 한국 젊은이들도 꺼리는, 어렵고 힘든 '3D 업종'에서 일하고 있다. 건강과 젊음을 모두 바치고 하루하루 힘겹게 보내는 이유는 가족과 미래를 생각하기 때문이다. 한국에서 어느 정도 꿈을 성취해 귀국하는 사람들도 있다. 힘든 시간을 겪었지만 고국에서는 칭찬받고, 이런 경험들이 모이면 한국에서의 기억은 양국 간의 관계에도 당연히 영향을 미치기 마련이다. 이들은 한국과 미운 정, 고운 정이 들었을 것이 분명하다.

입주민들의 말을 경청해야 한다

경비실에 앉아서 밖을 내다보면 온갖 사람들이 지나간다. 게 중에는 눈이 맞으면 먼저 아는 체를 하면서 인사를 하는데 유치원쯤 다니는 아이들이 공손하게 인사를 건네면 기분이 좋아진다. 그리고 보니 주민들이 먼저 인사를 하는 경우가 많다. 보통 주민과의 대화는 별로 없지만, 간혹 이야기를 하다 보면 골치 아픈 가정사 얘기를 꺼내는 분들이 있다. 그럴 때는 듣기만 한다. 나의 의견을 말할 분위기도 아니고, 나도 말을 하면 주위에서 볼 때 별로 좋은 인상을 주지 못한다. '침묵은 금이요'가 맞는 말이다.

다시 말하면 경청이야말로 우리 경비에게 필요한 단어다. 경청은 보통 상대의 말을 듣는 차원, 말하는 사람에 집중하는 차원, 상대가 하는 말의 의미를 이해하려고 진지하게 노력하는 세 개의 차원을 포함한다. 경비원 중에 유난히 말이 많은 대원들도 있지만, 말이 많아지면 실수하는 말이 나오고, 벽에도 귀가 있고 불평, 불만의 얘기가 있으면 금방 관리자의 귀에도 들어가 근무하는데 아무래도 마이너스가 되면 됐지, 본인에게는 이득이 될 게 하나도 없다.

어디서 근무를 하든간에 사람은 입이 무거워야 한다.

"발 없는 말이 천 리를 간다."

그래서 효율적인 경청에 대한 이해와 실행이야말로 자기 발전에 도움이 된다.

비단 경비뿐만 아니라 사회생활 전반에 걸쳐 상대와 관계를 맺을 수 있게 연결하는 경청을 소홀히 여기지 말아야 한다. 경청은 상대의 말을 듣는 것에 그치지 않고 반응을 하게 하고, 대화를 이끌어내는 출발점이다. 상대가 어떤 이유에서 그런 말을 하고, 의미하는 것이 무엇인가를 느끼게 하는 역지사지의 특별한 가치를 지닌 것이다. 우리 사회가 자주 목도하는 상대의 의견에 동의하지 않기 때문에 경청하지 않는다는 것은 궤변일 뿐이다.

경청 자체는 상대에 대한 동의나 반대를 의미하는 게 아니기 때문이다. 생각과 주장이 달라도 우선 상대의 말을 경청해야 한다. 민주주의 공동체를 형성하고 발전시켜 온 인류의 지혜를 잊어서도 외면해서도 안 된다. 목청을 높이면서 상대의 말은 안중에 두지 않는 이들도 마찬가지다. 경청을 무시하는 자들은 오직 입만 있고 귀도 생각도 없는 졸장부이다.

왜 입은 하나고, 귀는 두 개인지 생각해 봐라.

경비원 직업을 다시 생각하게 하는 이유

지난 3년 동안 경비원을 했지만, 하루 일하고 하루 쉬는 형태이고 근무 날의 야간은 순찰이 있다. 순찰 시간은 1시간이지만 그것도 한밤중에 미리 일어나 순번대로 순찰을 돌고 또 잠자리도 경비실 안에서 숙면을 취하려고 하면 쉽사리 잠이 안 온다.

결국, 뒤척이다 새벽을 맞고 그날 근무자와 교대를 하고 집에 와서 모자란 잠을 청하려면 한참 후에 잠이 든다. 이런 일이 다람쥐 쳇바퀴

돌듯이 매일같이 반복되니 잠을 자도 피곤하고 종일 머리가 띵하다.

직업을 구하기가 굉장히 힘들어진 코로나 시대 나에게 맞는 직장을 가려서 구하던 시대는 아니다. 현재 하는 일에 회의감이 느낄 때도 많지만, 우선 건강상의 이유로 밤을 지새우는 직업은 누구나 알듯이 피하는 것이 상책이지만 현실에서 피할 수 없는 방법이다.

밤샘이라는 것은 수명을 단축하니 어쩌면 수명을 돈과 바꾸는 격이 된다. 생활 리듬, 자연의 리듬을 벗어난 사이클로 살아가는 것은 건강에 치명적이다. 그래도 주위에서 보면 10년 넘고, 20년 가까이 경비하는 분들을 보면 특별한 건강 체질을 가졌는지 또래의 분들보다 건강해 보인다.

그래도 지금은 법으로 정한 휴게 시간이 유명무실한 부분도 있지만, 그래도 예전보다는 야간에 여유가 있어 의자에서 조는 모습은 없어졌다. 역시 집에서 노는 것보다 직업이 있어 밖에서 활동을 해야 건강도 지킨다.

대부분의 서비스업이 가지는 또 하나의 공통점 중 하나가 누구를 만날 때 을의 입장이 되어 저자세로 되는 것이 스트레스일 수 있다. 여기서 저자세와 예의 바르다는 것은 다르다.

억지로 저자세로 오래 살다 보면 사람이 작아진다. 내가 예의 바르게 사람들을 대해야지라고 생각해도 어느 사이에 자신도 모르게 저자세를 취하고 있는 모습을 발견하게 된다.

사람은 평등하다는 개념이 세상에 알려지고 커지고 그런 생각을 가지고 사는 사람들이 많아진 지금 세상에도 여전히 평등한 세상은 오고 있지 않다. 예의 바른 사람으로 살아간다는 것은 참 좋은 거다.

하지만 평등하지 못한 세상이기 때문에 생존을 위해서 어쩔 수 없이 저자세로 살아가야 하는 것은 별로 바람직하지 않은 삶의 태도이다.

경비원이라는 직업은 그렇게 옳지 않은 생각을 피하기가 어려운 직업이다. 이 세상에는 많은 노동을 하고 적은 급여를 받는 직업군이 많이 있다. 그중에서도 경비원이라는 직업도 빠질 수가 없는데 적은 급여를 받고 국가가 정한 최저 시급에서도 낮 근무든, 밤 근무든 이상한 휴게 시간이나 휴식 시간이란 명목으로 그 시간의 수당을 급여에서 뺀다.

경비원의 입장에서 출퇴근 시간 그리고 오랜 시간 근무 이렇게 야간 근무에 필요한 시간이 야간 근무만을 위해서 쓰는 시간 등등을 계산하면 시급을 받는 시간은 적을 수가 있는데 이 계산법은 복잡하여 일반적인 계산법으로는 놓치는 부분도 있겠지만 회사에서 정확히 해주고, 우리 경비원들은 계산법을 모르고 관심도 없이 월급날 급여가 들어오면 그저 안심되며 기쁘다.

은퇴하고 다시 맞는 마지막 일터

경비원으로 일을 하다 보니 같은 동료 중에 쉬는 날 골프를 치러 가는 사람도 있다. 이제는 골프도 대중화되었다고는 하지만 먹고살기 바쁜 우리들 형편으로는 언감생심이다.

나는 골프를 한 적이 없지만 그것도 하나의 야외 스포츠 정도로 알고 비용도 만만치 않다고 생각되는데 하여튼 그런 친구들은 멋있다고 생각이 든다. 그런데 나의 취미는 더 많지 않은가? 남들이 들으면 과연 다 소화할 수 있을까 물어본다.

유튜브와 인터뷰, 아코디언, 하모니카, 마술 등 수업을 이끌고, 책 쓰기, 강연 준비와 내용 공부를 하는 스피치 연습 등 계속해서 나의 계발을 위해 모든 시간과 체력을 투자한다.

돌아가시는 분들이 제일 후회하는 것이 살아서 식구들 때문에 돈을 버느라 정작 본인이 좋아하는 것을 못하고 눈을 감는 것이 제일 후회스럽다고들 한다.

배움에는 늦은 나이가 없다고 많은 지식인이 이야기한다. 어차피 시간은 흘러가는 것 안 해도 흘러가고, 해도 흘러가는 인생 여러분이라면 어느 쪽을 선택할 것인가?

일자리를 준 회사에 감사해라

이 불경기에 일할 수 있는 자리를 마련해준 것만도 그저 감사할 따름이다. 주위의 경비원들을 보면 꼭 불평하는 사람들이 있다. 뭐가 어떻고 또 뭐가 어떻고 그렇게 할 이야기가 많다. 하지만 모든 것을 긍정적으로 생각하자.

성격들이 다 다르고 지금까지의 개인적인 생활 패턴이 다른데 모두가 한결같지는 않다. 그렇게 하는 일이나 소속 회사가 싫으면 그만두면 되는데, 주변에 위화감만 조성하고 어디 갈 데도 없는 사람이 불평을 입에 달고 산다. 어떤 때는 그 사람이 딱하게 보인다. 절이 싫으면 중이 떠나야지 절이 떠날 수는 없지 않은가?

늦은 나이에 얻은 귀한 직장, 나의 일에 본분을 다하면 항상 좋은 일이 생기기 마련이다.

돈이 많아 아니면 시간이 많아 방구석에 뒹굴고 있는 친구들, 또 그것이 무료하다고 매일 산에 가는 친구들, 그것도 하루 이틀이지 매일같이 간다면 싫증도 날 것이다. 듣기 좋은 노래도 어디 한두 번이지, 자꾸 들으면 싫증 난다.

우리는 어떤가? 매일 출근하는 회사가 있어 좋고, 여러 주민과 소통하니 사회 생활하는 일원이고 한 달에 한 번씩 월급이 나와 필요한데 쓸 수 있고, 손자에게 용돈 주니 며느리에게 점수 따고, 한 달에 한두 번 온 식구 데리고 그럴듯한 데서 외식을 하면서 돈을 풍풍 쓰니 다들 좋아한다.

이게 사람 사는 것이 아닐까 생각한다. 나의 주머니에는 돈이 남아나질 않는다.

있으면 그때그때 다 써버리니 노후 대책은 없는 셈이니 모든 것은 세상 막바지에도 일장일단이 있다.

공동주택 관리법 시행령의 일부 내용

「경비업법」에는 아파트 경비원에게 경비 일부의 청소, 재활용품 정리, 택배 보관, 주차관리 업무는 지시할 수 있으나 관리업무를 보조하거나 대리주차를 하게 해서는 안 된다고 하지만 아파트마다 다른 업무를 하고는 있다. 어떤 아파트는 주차장이 워낙 협소하고 복잡해서 대리주차의 업무도 하는 곳도 있다고는 들었지만, 나는 지금껏 그런 경우는 없었다.

공동주택 관리법 시행규칙에는 해야 할 일과 해서는 안 될 일을 명확히 구분해서 관리 현장의 현실을 반영하고는 있지만, 경비 고유의 목적과 관련성이 적은 공용 부분의 수리 보조나 각 세대를 돌아다니면서 각종 여러 종류의 동의서를 받는다거나 보조하여서는 안 된다.

특히 개인 차량을 주차해 주는 것, 흔히 '발레파킹'이라고 하는 것과 택배 물품을 각 세대로 배달하는 것 그리고 개별 세대의 재활용품을 갖고 내려오는 것 같이 개별 세대나 개인 소유물품과 관련 업무를 전면 금지하고 있다.

여기서 정확히 알아야 할 부분은 아파트 주차 관리나 택배 보관 업무는 무조건 해야 하는 사항이 아니라 해당 아파트 사정에 따라서 필요한 경우 업무를 할 수 있는 것이지, 모든 업무를 모두 해야 한다는 의무 규정은 아니다.

'만약에 처음부터 근로계약서에 사용자와 근로자가 합의해서 경비원의 업무에 이런 것들을 추가하여 계약한 경우에도 가능할까?'라는 질문이 있을 수 있는데 원칙적으로는 시행령의 범위를 넘어선 업무를 하겠다는 것은 계약 자체가 무효이므로 시행령에 정하는 업무까지만 하면 된다.

다른 업무를 계속해서 하거나 시키면 경비업체는 허가가 취소되고, 입주자 대표회의 또는 관리 주체는 지자체장의 사실조사 및 시정명령을 거쳐서 최대 1천만 원의 과태료 처분을 받을 수 있다.

경비업무에 관한 시행규정은 경비업법에 따른 경비원, 즉 경비업체를 통해서 고용한 경비원에 관한 이야기이고 아파트 대표회의 사용자인 직접 고용한 아파트 경비원들은 해당 사항이 없어 쌍방 합의한 근로계약에 따라서 어떤 업무도 할 수 있다. 즉 해야 할 업무와 하지 말아야 할 업무에 구분이 없다는 것이다.

계속되는 경비원의 허무

경비실 근무 시 비상대기라는 개념이 근무시간에 해당한다는 법 해석이 무색하게도 제대로 된 노동의 대가를 받는 경비원은 드물다. 그리고 거기서 또 다른 스트레스가 나오는 것은 내가 받는 급여로 몇 식구가 살아간다는 현실이다. 서로 안쓰럽고 서로에게 미안해지기도 하고, 노동의 대가를 제대로 지급해 주는 그런 일을 하는 것이 좋을 거란 생각이 든다.

또, 경비원을 하면서 이직을 고려하는 이유는 잃어버린 시간, 잃어버린 인생에 관한 이야기다.

일을 하고 있어 돈을 벌기는 하나 내 인생을 살아가기에는 어려운 직업일 수밖에 없다.

세상에는 단지 생존만을 위한 직업이 다양하게 존재하는데, 그 많은 직업 중에 경비원이라는 직업이 있는 것이다.

이 대목이 나에게는 굉장히 중요한 의미가 있는데, 글 쓰는 것을 좋아하고 글 쓰는 시간을 행복해하는 나 같은 사람에게는 글 쓰는 시간을 가지게 되기 어려운 직업을 갖는다는 것은 굉장히 큰 고통이다. 야간 근무일 경우, 특히나 나만의 시간을 갖는 데 독이 된다.

쉬는 날을 잠으로 보내야만 다음에 돌아올 근무의 사이클에 몸을 맞출 수 있기 때문이다.

결국, 자는 것과 일하는 것으로 인생이 채워진다면 나의 인생과 어긋나게 흐르는 직업이고, 내가 바라는 인생의 방향으로 함께 흐를 수 있는 직업으로는 안 맞는 것이다.

그래서 고민 고민을 한다.

치매가 우리의 최대 적이다

점점 나이가 들어가면서 치매의 무서움을 잘 알기에 여기 적어본다.

전에 여러 요양원에서 몇 해 동안 요양보호사로 근무를 했기에 치매의 고통은 이루 다 말할 수 없다는 것을 자주 느꼈다. 우리 경비원의 나이에는 미리 알고 있으면 좋을 내용을 이야기하고 싶다.

나이가 들면 깜빡깜빡할 때가 많다. 이럴 때 치매를 걱정하며 병원을 찾는 이들이 꽤 있다.

고령화로 인해 가장 고민되는 질환 중 하나가 치매다.

치매는 아직 치료제가 없는 만큼 무엇보다 예방이 필요하다.

그러면 치매란? 정의를 내린다면 기억력, 언어능력, 판단력 등 인지 기능이 크게 저하되어 일상생활에 지장을 초래하는 상태

✎ 치매의 증상은?

1. 기억력 장애로 사람 이름, 전화번호를 기억하지 못함. 같은 질문을 반복함
2. 방향 감각이 떨어져 익숙했던 길이 낯설 때
3. 의욕이 떨어져 만사가 귀찮고 외출하기 싫어함
4. 언어장애로 말하기, 글 읽기가 힘듦

5. 계산이 힘들어짐, 돈 관리가 힘들어짐
6. 성격이 달라지고 어린아이 같은 행동, 생각이 단순해지고 본인의 위생관리가 게을러짐

✎ 치매의 진단은?

1단계- 선별검사 2단계- 진단검사 3단계- 감별검사 4단계- 치매 확진

치매는 건강한 습관으로 예방할 수 있다.

건강검진으로 하지만 아무 문제가 발견되지 않아 일단 마음을 놓긴 하지만, 그래도 걱정이 사라지지 않는다. 실제로 이들 중 일부는 치매로 악화할 우려가 있다. 이 단계를 '주관적 인지 저하'라고 한다. 기억력 감퇴 등의 증세를 본인이 인지하고 걱정하는 단계다.

그래서 일단 예방책으로는 내가 하는 여러 분야 중 한 가지라도 몰두한다면 그것으로 대비할 수가 있고, 치매에 대비하면 나와 온 가족의 행복을 지키는 것이다.

경비원의 건강은 알아서 지켜라

우리 경비원들은 근무할 때는 '꼼짝 마'라서 초소 안에 있을 때도 책이나 신문을 보기가 어렵다. 심지어는 핸드폰 보기도 어렵고 눈치가 보이기에 융통성 있게 알아서 해야 한다. 그러니 지금 근무하는 초소 안에 그 흔한 TV도 없다. 사실 없는 것이 정상일 수 있다.

치매 예방법은 독서를 많이 하라고 권장한다. 쉬는 날 잠만 자거나 TV를 계속 시청하는 것은 안 좋다고 하니 신문이나 책을 보는 습관이 중요한데, 상상하려는 노력이 중요하다고 의사들이 권장한다. 그러니 읽고 생각하는 것은 치매 전 단계인 경도인지장애일 때 효과가 있다. 그리고 독서를 할 때 소리를 내어 읽는 것이 필요하다고 한다.

또한, 운동은 인지 기능 개선에 가장 큰 도움이 된다. 운동 중에 제일 좋은 운동은 걷기 운동이다. 매일 30분 정도 걷기와 같은 유산소 운동을 해주고, 집에서 간단히 할 수 있는 근력운동 3가지를 소개한다면 넘어지지 않도록 벽에 손을 댄 뒤 발뒤꿈치 들어 올리기, 스쿼트, 물병 아령 들기를 각각 10분간, 총 30분 진행한다.

스쿼트를 할 때도 무리하면서까지 무릎을 굽힐 필요는 없다.

또, 씹는 활동은 우리 뇌와 연결돼 인지 기능을 높이고 뇌 혈류를 증가시킨다.

치아 상태가 나빠져 씹는 활동이 줄어든 노인은 치매에 걸릴 확률도 높아진다. 뇌는 젓가락질을 하고 음식물을 씹는 동안 끊임없이 자극을 받고 활성화된다. 노년기일수록 먹고, 씹는 행위에 더 신경을 써야 한다.

식사 치매 예방법은 신선한 채소와 과일, 생선을 많이 먹는다. 다만, 몸에 좋다고 많이 먹는 것은 체중 증가와 비만, 운동 부족으로 이어질 수 있고, 이 또한 치매 악화의 요인이 되기에 '아무리 몸에 좋아도 과하면 독이 된다.'라고 한다.

이 밖에도 또래나 주변 사람들과 자주 어울리며 즐기는 것도 치매 예방에 도움이 된다고 한다. 사회적 활동이 실제로 뇌 기능을 증대시킨다는 연구 결과도 많기에 결국 얼마나 적극적으로 활동하느냐에 달렸다고 한다.

하면 안 되는 3불 가운데 첫 번째는 생활 습관병이다. 고혈압, 당뇨, 동맥경화 등으로 혈관이 제 기능을 못 하게 되면 혈액공급이 중단돼 뇌 중풍(뇌졸증)이 일어나고, 결국 뇌세포가 파괴되면서 치매 증상이 나타난다. 비만은 치매에 치명적이다.

두 번째는 술과 담배다. 습관적인 과음은 뇌세포를 파괴해 알코올성 치매를 일으킨다.

세 번째는 노인성 우울증이다. 치매 환자의 약 40%가 우울증 증세를 함께 보인다. 기억력 장애나 집중력 저하 등 치매와 비슷한 증세를 보여 가성치매로 불리기도 하는 노인성 우울증은 적절한 시기에 치료가 이뤄진다면 비교적 회복률이 높아진다고 한다.

요즘 아파트 관리원은 누구인가?

경비업체를 통하지 않고 직접 고용한 경비원은 경비업법에 해당하는 경비가 아니기 때문에 경비업법 제19조에 따라서 처벌할 수 없다. 이렇게 법령이 개정되자 역효과가 나타나기 시작했다. 전에는 감시 단속적으로 분류됐던 경비업무를 일반 노동자의 지위로 바꿔야 한다는 의견을 냈었다.

하지만 지금까지 경비업무가 큰 육체노동이 없는 감시적 업무이고, 노동의 강도 또한 늘지 않고 지속적이지도 않다는 전제로 근로기준법상 근로시간 규정인 주 52시간제나 휴게나 휴일 관련 규정을 적용하지 않는 '감시 단속적'으로 승인해 주었다. 그런데 경비원 업무가 시행령의 기준대로 택배나 주차 관리 등 업무가 추가됨에 따라서 당초 감시 단속적을 승인할 때의 전제조건이었던 도난과 화재 방지 업무만 하는 게 아니라 업무 강도가 강해지고, 근무시간 동안 일하는 시간보다 대기하는 시간이 더 많다는 전제가 무너지고 있다. 따라서 노동계는 근로기준법에 적용 제외를 하지 않는 일반 근로자로 규정해서 근로시간과 수당을 정상적으로 지급하여야 한다고 지적하고 있다.

혹시 경비업무가 감시 단속직에서 빠져버리면 지금까지는 잡초도 뽑고, 야간에 이동 주차도 하는 등 다목적 업무에 동원할 수 있었기 때문에 경비원을 썼는데, 그런 일을 시킬 수 없게 된다면 더욱더 인원 감축이라는 비상 대책이 나올지도 모른다.

최고의 복지는 일자리다. 아파트의 인원을 감축하지 않고 고용을 유지만 할 수 있다면 신호가 있는 횡단보도에서 깃발을 들고 있는 것보다는 좋은 정책과 서로 윈윈 하는 사회가 될 것이다.

수면 부족은 어디에나 안 좋다

뇌에 피로가 쌓이면 치매 발병 위험도 커진다. 뇌가 쉬지 않고 에너지를 계속 쓰면 전열 기구를 하루 종일 써서 과열된 것과 비슷한 상태가 된다. 그래서 뇌의 사용과 함께 적절한 휴식이 치매 예방에 매우 중요하다. 특히 뇌 피로를 일으키는 주요 원인이 수면 부족이다.

수면의 절대량이 부족하거나 충분히 잠을 자도, 수면의 질이 나쁘면 피로가 풀리지 않는다.

수면은 90분을 주기로 하룻밤 4, 5회 반복한다. 첫잠이 가장 깊고, 뇌 파장이 느린 상태가 되는데, 뇌의 피로는 이때 풀린다. 수면 학자들은 적당한 수면 시간이 최소 하루 6시간 정도 되어야 한다고 보고 있다. 숙면을 위해서는 되도록 낮잠을 피해야 한다고 말하고 있다.

인생 목적이 무엇인가?

인생에서 너무 늦은 때란 없다.

인생의 목적이 확고한 사람들은 건강한 생활을 영위하려고 애쓰고 행복감이 높을 수밖에 없다. 행복감이 높을수록 수면장애, 중풍, 우울증, 당뇨병 등 만성질환 발병률도 낮은 것으로 보고된다. 이 연구 대상이 70세 이상인 점을 고려하면 노인이라고 해서 그냥 아무런 생각 없이 삶을 영위하기보다는 분명한 인생의 목적을 설정할 필요가 있음을 시사한다.

나이가 많이 들어서도 그처럼 내가 왜 사는 것인지 시간을 갖고 곰곰이 생각해 볼 일이다.

그래야 희망을 갖고 활동적 삶을 살아갈 동기를 부여받으며, 건강하게 앞을 보고 살아가는 것은 우리 실버들에게 하는 이야기보다 젊은 사람들에게 어울리는 이야기가 될 수도 있지만, 꼭 그렇지만은 않다. 나이가 많아서 시작해서 나름대로 성취를 이룬 사람들은 많다.

미국의 유명 국민화가 '그랜마 모지스(1860~1961)' 75세의 나이에 그림을 그리기 시작해 돌아가시던 101세까지 1,600여 점의 그림을 남기셨다. 미국에는 실제로 '모지스 할머니의 날'이 있는데 이분이 왜 미국이라는 큰 나라에서 존경을 받을까?

할머니는 가난한 집에서 태어나 가난한 남편과 결혼하였다. 시대적 배경은 대부분의 사람이 가난하던 그 시절, 할머니는 경제활동을 위해 집에서 키우던 소의 젖을 짜 버터를 만들어 파는 일로 생활비를 벌었다. 화가에 대한 꿈은 있었지만 감히 엄두조차 내지 못한 채, 젊은 시절을 노동과 자녀 양육에 집중한 할머니는 75세라는 인생의 황혼기가 되어서야 자신의 꿈을 펼치었다.

커넬 할랜드 샌더스 KFC 할아버지의 무한도전

KFC 할아버지로 유명한 할랜드 샌더스(1890~1980 미국), 그는 6살에 아버지를 여의고, 어린 나이부터 생계를 위해 일해야만 했다. 페인트공, 타이어 영업, 유람선 주유소 등 닥치는 대로 일했다. 어느덧 40대가 된 그는 평소 요리 실력을 살려 자신만의 조리법으로 만든 닭튀김을 만들어 팔기 시작하면서 요식업에 뛰어들었다.

식당에 화재가 발생하면서 모든 것을 한순간에 잃어버렸다. 이후 어렵게 재기해 다시 식당을 오픈했지만, 바로 옆에 고속도로가 놓이게 되면서 찾아오는 손님이 한 사람도 없게 되었고 가게는 곧 경매에 넘어갔다.

65세가 된 그는 가진 거 하나 없이 낡아빠진 트럭에서 먹고 자고 주유소 화장실에서 면도하는 힘든 삶을 살게 되었고, 그에게 있는 돈이라고는 사회보장금으로 지급된 105불이 전부였다. 하지만 힘들어도 낙심하지 않고 다시 도전하기로 하면서, 미국 전역을 돌고 쉽지 않은 도전이었지만, 실패하면 방법을 달리해서 또 도전하기를 무려 108번이 아니라 1,008번이나 거절당했다. 그리고 마침내 1,009번째 자신의 조리법을 받아들인 식당을 찾아내고, 드디어 KFC 1호점이 탄생하는 순간이 되었다.

이제 우리 경비들도 새롭게 도전하고, 또 다른 의미를 담아 한 마리 나비가 되어 가슴 뛰는 인생을 위한 날갯짓을 해보면 어떨까? 90대 노인도 열정이 있으면 청춘이고, 20대 청년도 열정이 없으면 노인이 된다.

길고양이 골칫거리

전에는 고양이나 강아지에는 관심이 없었는데 경비원으로 근무하다 보니 생각보다 길고양이들이 눈에 많이 띈다. 길고양이는 도심지나 주택가에서 자연적으로 번식하여 스스로 살아가는 고양이를 말한다.

내가 근무하는 아파트의 한 주민은 고양이 밥이라고 그릇에다 언제나 먹이를 갖다 주는데, 어떤 주민이 하는 말은 "밥을 갖다 주면 쥐들이 먹거나 새들이 쪼아 먹는다."라고 한다.

길고양이로 인한 아파트 입주민 간의 갈등이 많아 관련 안내를 많이 하고 있다.

요즘 흔히 눈에 띄는 길고양이로 인해 말들이 많은데, 도시 생태계의 일원으로서 어쩔 수 없이 도시 주민들과 함께 살아가고 있는 동물이다.

각 지역에서는 길고양이 개체 수 조절을 위하여 많은 숫자의 길고양이를 대상으로 중성화(불임) 수술을 추진하고 있다.

길고양이에게 사료(먹이)를 챙겨주는 사람들을 보통 '캣맘'이라 부르고 있으나 길고양이 관련 단체는 캣맘 협의회, 길고양이 급식연대, 한국고양이보호협회 등 다양하다.

캣맘이 주는 사료 때문에 이웃 간에 갈등이 빈번하게 발생하고 있어 이의 중재에 관리사무소 직원들이 애를 먹고 있다.

✒ 사료 급식 때문에 개체 수가 늘어난다.

사료를 주지 않는다고 하여 고양이가 사라지지 않는다. 급식 이전에는 눈에 띄지 않는 곳에 숨어있던 개체가 급식으로 인해 눈에 띄는 것뿐이다.

고양이는 불안정하고 배고픈 상황이 되면 더 많은 새끼를 낳게 된다.

안정적인 급식은 오히려 개체 수를 조절하는 데 도움이 된다.

또한, 캣맘들의 주요 역할은 급식과 중성화(TNR) 수술이다. 밥 주는 개체들을 직접 포획하여 불임수술을 시킨 후 다시 그 자리에 방사하는 것이 고양이 단체의 주된 역할이다.

국제적으로 검증된 방식이어서 대부분의 선진국이 시행하고 있는 정책이기도 하다.

마구 번식하는 것이 고양이들의 삶을 불행하게 만든다는 것이 활동가들의 공통된 의견이며, 이 때문에 고양이를 끌어들이는 것처럼 보여도 사실은 개체 수 조절에 큰 역할을 하고 있다고 할 수 있다. 이는 고양이의 귀를 보면 확인이 가능하다.

왼쪽 귀 끝을 1cm 자른 흔적이 보이면 불임수술을 마친 고양이이다.

그들은 고양이 단체의 활동으로 인해 더 이상 자손을 남기지 못하는 고양이가 된 것이다.

✎ 급식 장소가 지저분하다. 실내 공간에 고양이가 꼬이니 냄새가 난다.

사료 급식은 불법이 아니지만, 공원이나 다수가 이용하는 공간일 경우에는 급식 장소에 대한 협의가 필요하다. 급식 장소는 사람 눈에 잘 띄지 않는 곳에, 낮보다는 인적이 드문 이른 아침, 또는 야간 시간에 주는 것이 고양이에게도 좋다.

다수가 급식 장소에 불편함을 느낀다면 급식자는 당연히 급식장소를 옮겨야 하며, 이 과정에서 고양이는 영역 동물이라서 먼 곳으로의 갑작스러운 이동은 그들을 사망에 이르게 할 수 있다.

급식 장소를 옮기는 것에 합의가 되었다면 조금씩 밥 자리를 이동시켜야만 있던 자리로 다시 찾아가지 않으므로 옮기는 시간에 대한 이해가 필요하다.

얼마 전에 고양이 밥 주는 주민이 와서 나에게 하소연한다. 밥그릇을 놓으면 어떤 주민이 신고를 해서 자꾸 없어진다고 걱정을 하면서 이야기를 하는데, 그것 자체가 민원이 되기에 난감하기도 하다.

📌 고양이가 차량과 설비를 망가뜨린다.

하루는 경비실에 앉아있는데 한 주민이 와서 고양이가 층간 계단에 있다고 해서 가보니 벌써 동물협회에서 나와 포획하여 밖에서 풀어주었는데 아파트 현관을 열어놔서 들어갔다.

고양이는 추운 날씨에 생존을 위해 환기 시설, 차량 하부 등 따뜻한 곳으로 찾아 들어가는 것을 종종 목격할 수 있다. 그러나 작은 신호(본네트를 톡톡 두드리는 등)만으로도 청각이 예민하고 민첩한 길고양이들을 순식간에 쫓아낼 수 있다. 간혹 환풍구로 잘못 들어온 고양이가 탈출을 위해 설비를 훼손할 가능성은 있으나 환풍구의 출입구를 철망 등으로 막아놓는 작은 수고만으로도 이를 방지할 수 있다.

실내 보온재 비닐을 훼손하는 사례가 많으나 겨울철 추위를 피해 따뜻한 곳을 찾는 습성으로 인해 발생하는 것이므로 기온이 올라가면 이동한다.

미관상 지저분하여 주민들의 항의가 많고 길고양이를 쫓아내면 길고양이가 사라질 거라는 오해가 있지만, 영역 동물인 고양이가 특정 공간에서 사라지면 경쟁자가 없는 진공상태가 되므로 시간이 흐르면서 주변 지역에서 더 빠르게 개체가 유입될 수 있다.

경비원은 경비일지를 근무 시 항상 기록하는 내용이 있다

우선 근무하는 근무자의 이름과 날짜를 기록하고 날씨도 적고 지시받은 사항, 주야간 순찰 시간, 출입 차량과 출입 방문자를 파악하고, 불법 차량이 주차되어 있는지도 확인한다. 그리고 가로등과 현관 등의 점·소등 필요한 시간에 해서 불필요한 전력 소비를 막는다.

택배 물건을 보관하여 주민이 찾아가면 인수장에 사인을 받는다.

경비실 안에는 CCTV가 설치되어 있어 날짜 시간이 정확히 기록되는 모니터 화면으로 아파트 전체와 승강기 내부, 복도, 사각지대, 지하층의 주차장까지 한눈에 볼 수 있다.

직원 명부에는 관리소장과 경리, 기전실(기계실과 전기실) 직원, 미화실(청소) 각 동의 경비 교대 근무자의 이름과 연락처까지 있어 비상시 연락을 취하게끔 연락망이 갖춰져 있다.

방문객의 차량은 경비실에서 임시 주차증을 발급받아 부착해야 한다.

또한, 장시간 방치되어 있는 차량도 있어 주차금지의 항목에다 표시하고, 앞 유리창에 접착력 좋은 붉은 스티커를 단단히 붙인다.

쉬어 가는 좋은 말

인생을 제대로 사는 사람은 인생의 맛을 안다고 합니다.

맛이 음식에서만 느껴지는 것은 아닙니다.

인생에도 맛이 있습니다.

인생의 참맛을 아는 사람은 인생의 즐거움을 누리는 사람입니다.

인생의 8가지 맛 인생팔미(人生八味)가 있습니다.

一味는 그저 배를 채우기 위해 먹는 음식이 아닌, 맛을 느끼기 위해 먹는 음식의 맛이 그것입니다.

二味는 돈을 벌기 위해 일하는 것이 아닌, 삶의 의미를 찾기 위해 일하는 '직업의 맛'이 그것입니다.

三味는 남들이 노니까 노는 것이 아닌, 진정으로 즐길 줄 아는 '풍류의 맛'이 그것입니다.

四味는 어쩔 수 없어서 누구를 만나는 것이 아닌, 만남의 기쁨을 얻기 위해 만나는 '관계의 맛'이 그것입니다.

五味는 자기만을 위해 사는 인생이 아닌, 봉사함으로써 행복을 느끼는 '봉사의 맛'이 그것입니다.

六味는 하루하루 때우며 사는 인생이 아닌, 늘 무언가를 배우며 자신이 성장해감을 느끼는 '배움의 맛'이 그것입니다.

七味는 육체로만 존재하는 것이 아닌, 정신과 육체의 균형을 느끼는 '건강의 맛'이 그것입니다.

八味는 자신의 존재를 깨우치고, 완성해 나가는 기쁨을 만끽하는 '인간의 맛'이 그것입니다.

『중용(中庸)』에 보면 세상 사람들은 음식을 먹으면서 그 음식의 진정한 맛을 제대로 알지 못한다고 안타까워하고 있습니다.

인생의 맛.

'인생팔미'는 높은 자리에 있거나 많은 재산을 소유하고 있다 하여 얻어지는 것이 아닙니다.

인생의 참맛을 느끼며 사는 인생팔미.

생각을 바꾸고 관점을 바꾸면 우리의 일상적인 삶 속에서 얼마든지 찾아 느낄 수 있습니다.

인생의 팔미는 평범한 일상에 있습니다.

주차금지 안내문을 읽어보면

귀 차량은 아래에 해당하여 본 주차금지 스티커를 부착하오니 주차 질서 유지에 협조하여 주시기 바랍니다.

1. 입주민 소유 주차 스티커 미부착

2. 방문객임을 증명할 수 있는 임시 주차증 미부착

3. 주차선 위반, 주차금지 구역의 주차

4. 사이드 브레이크 잠금 차량

5. 외부 차량

6. 기타 주차 질서 유지 위반(후면주차)

*3회 이상 무단 주차하여 적발 시에는 견인 조치할 예정이며, 무단 주차로 인한 차량 손괴 등의 발생 시 책임지지 않음

배달하는 오토바이 주차 시 필히 시동을 꺼야 한다. 배달하는 시간 동안 소음과 매연 때문에 민원이 많이 제기된다. (시동을 끄지 않고 주차 시 출입을 통제한다.)

폐기물 수수료
....

장롱, 문갑, 화장대, 장식장, 진열대, 서랍장, 책장, 신발장, 책상, 책 꽂이, 캐비닛, 옷걸이, 소파, 의자, 침대, 매트리스, 탁자 등등 종류가 많아도 사이즈와 무게 등등 고려해 1천 원부터 대략 1만 원까지로 분류된다.

가전제품 중 쓸 만한 것은 수거업체나 중고업체에서 재빠르게 가져간다.

주민들이 버리는 품목 중에는 버리기 아까운 것들도 많이 나오는데, 어려운 시절을 보냈던 나는 꼭 필요한 것이 있으면 골라낸다. 이 모든 것은 지구를 위한 선택이 아니라 우리를 위한 실천인 것이다.

경비원 준칙사항

1. 구석구석(화단) 청소 청결 유지, 차량 출차 시 반드시 청소 확인!

2. 매일 아침 게시판, 엘리베이터 안 공고문 확인

3. 매일 아침 주차장 및 계단 청소

4. 휴게 시간 이외 절대 낮에 잠은 금지

5. 매일 아침 음식 쓰레기통 청소

6. 정문 근무 시 절대 졸지 말고 졸리면 나와 있기

7. TV 보는 시간은 오후 6시부터

8. 공동 작업 시 개인 행동 금물

9. 주민 민원사항 철저(일지에 상세히 기록)

10. 주차 스티커 확인 후 주차금지 딱지 수시로 붙이기(주말 제외)

11. 자리 비울 시 순찰 중! 휴게 시간! 작업 중! 문구를 꼭 붙일 것

    →3번 이상 어길 시 시말서 제출 요망!

경비들은 휴식 시간이 정해져 있다. 우리의 경우 오전 1시간, 점심때 1시간 30분, 저녁에도 1시간 30분 그리고 밤 10시에 퇴근하기도 하고, 외곽 순찰을 도는 날이면 정해진 숙소에서 취침한다. 그래서 휴식 시간이 많은 곳은 월급이 적고 빡세게 근무하는 곳은 월급이 많아 장단점이 다 있다.

경비원의 휴식 시간은 근로기준법 제54조(휴게)에 의하면 휴게 시간은 근로자가 자유롭게 이용할 수 있다고 명시되어 있다.

고용노동부에서는 휴게 시간은 사용자의 지휘 감독에서 벗어나 근로자가 자유롭게 이용하는 것을 보장해야 한다고 되어있다. (2010.7.5.)

대형 폐가전제품 방문 수거 시행 안내

내가 사는 고양 시에서는 주민의 편의 도모와 자원 재활용을 위하여 2013년 11월 1일부터 '대형 폐가전제품 무상 방문 수거사업'을 시행한다. 이 사업은 배출 예약을 하면 1~2일 이내에 수거 요원이 가정을 방문하여 수거해 가고 친환경적으로 재활용(처리)하는 서비스로 이런 경우가 아닌 경우에는 기존의 '대형 폐기물 배출 수수료'를 납부하고 지정 장소에 배출해야 한다.

종이류 재활용품 분리배출 안내

✎ 종이 종류별 올바른 분리배출 요령

골판지 박스→ 테이프 등 다른 종이류와 다른 재질 제거해 주세요. 이물질이 혼합되지 않도록 접어서 배출해 주세요.

신문·책자→ 스프링 등 종이류와 다른 재질은 제거 후 배출해 주세요.

✎ 종이류로 배출하면 안 되는 품목

영수증, 택배전표, 금은박지, 비닐 등 방수 코팅지, 오염된 종이, 폐휴지, 기저귀, 벽지(합성수지 소재), 부직포, 음식물 등 오염물질이 묻은 종이

폐기물을 그냥 내오는 경우 다음과 같은 안내장을 붙인다.

▶ 이 이불, 솜을 내다 버린 세대는 경비실에 신고하여 주시기 바랍니다. 만약 연락이 없을 경우에는 CCTV 판독하여 경고장을 발부할 예정이오니 빠른 시간 내에 경비실로 연락 주시기 바랍니다.

▶ 이 폐기물을 내다 버린 세대는 경비실에 신고하여 주시기 바랍니다. (폐기물 스티커를 구입하여 붙이십시오.)

만약 연락이 없을 경우에는 CCTV 판독하여 승강기 내에 게시할 예정이오니 빠른 시간 내에 경비실로 연락 주시기 바랍니다.

🖈 수거 품목

홑이불, 가정용 카펫, 커튼, 담요, 침대 커버, 인형, 헌 옷, 신발, 가방

옷 수거함 통에나 분리수거 하는 날 수거 안 되는 품목이 있다.

동물의 털 및 배설물이 묻은 이불, 애완용 강아지 집, 솜이불, 솜 베개, 라텍스 침구, 여행용 캐리어, 쿨 매트, 전기장판, 온수장판, 스티로폼 알갱이, 자전거 바퀴, 대나무 제품, 빗자루, 사기 그릇, 스케이트 스키 신발, 바퀴 달린 신발, 장화 고무신, 겨울 부츠, 털 신발, 화장실용 슬리퍼, 학교 실내화, 항아리, 돗자리, 교자상, 병풍, 액자, 나무 옷걸이, 돗자리, 모기장, 방충만, 화분 등등.

위의 품목은 폐기물 스티커를 부착하거나 쓰레기봉투에 담아서 버려야 한다.

참고가 될 수 있는 내용

주차되는 차량은 전면주차를 유도하고 있다. 주민의 건강과 화단의 나무를 보호하기 위해서인데, 일부는 잘 지켜지지 않는다.

또, 주민의 전·출입 시 이사를 하기 위해 승강기를 사용하는 경우

별도의 사용료를 내야 한다.

이것은 실내 인테리어 작업 시에도 똑같이 적용되기에 사전에 관리 사무소를 방문하여 목적을 말하면 적절하게 사용료를 부과한다.

단 1일 공사 시 도배·장판 공사는 부과하지 않는 곳도 있지만, 강화 마루나 원목 마루 공사 시는 부과하는 것을 원칙으로 한다.

경비원이 주민에게 당한 억울한 사연

전에 서울 강북구의 한 아파트에서 경비원으로 일하다 입주민의 폭행과 폭언에 못 이겨 최근 극단적인 선택을 한 경비원의 사연이 알려지면서 사회적 공분을 일으키고 있다.

그의 음성 유서 중 "경비가 억울한 일 안 당하도록 제발 도와 달라"는 말은 개인의 억울함을 풀어달라는 차원을 넘어선다.

경비원 관련 갑질 행위는 사회적, 제도적 폭력에 뿌리를 두고 있기 때문이다. 경비업무는 국토교통부와 경찰청으로 관리 주제가 나뉘어 있다.

아파트 경비원에게 주로 적용되는 '공동주택관리법'에서 경비원은 관리사무소장의 보조원에 불과하다. 방범 교육도 경비 책임자만 받게 되어있다.

'매 맞는 경비원'이 없어지려면 경비원의 권한과 자위권을 보장해야 한다. 경비업법은 경비원이 근무 중 안전 장비를 휴대할 수 있도록 하고 있다.

하지만 휴대용 분사기는 분실, 관리 부담 등을 이유로 지급하지 않는 경우가 많다.

분사기는 경비업 허가를 받기 위한 구색 갖추기에 불과하다.

이번 사건에서 경비원이 분사기를 사용할 수 있었다면 양상은 많이 달라졌을 것이다.

경비업무는 범죄 예방(犯罪予防)이라는 공공성 강한 서비스를 민간 신분 경비원이 수행하는 것이다.

범죄 예방은 국가적 책무이고, 이를 민간 부문과 공동으로 수행하고 있으므로, 경비원이 제대로 경비할 환경을 조성해 주어야 할 최종 책임은 경찰청 등 정부에 있다.

경비원에 대한 갑질과 폭력은 아파트 주민 전체의 안전을 위협하는 범죄(犯罪) 행위다.

정부는 이번 사건을 개인 간 폭력사건으로만 보지 말고, 아파트 경비원에 대한 갑질로 아파트 입주자 전체가 실질적 보호를 받지 못하는 사건으로 파악해 관련 대책을 마련해야 한다.

아파트 경비원 업무 범위 현실 반영해 조정해야

경비로 근무하면서 비 오는 날은, '공동 작업'이라 부르는 풀 뽑기, 가지치기, 소독하기(외주 준다.) 같은 일이 없어서(우리의 경우에는 거의 이런 작업은 없다.) 비가 밤까지 내리면 외부인 차량 야간 주차 단속도 하루 건너뛸 수 있다.

풀 뽑기를 포함해 대개 '공동 작업'이라 불리는 것들은 원래 경비원의 업무가 아니고, 청소나 쓰레기 분리수거, 택배를 대신 받아주는 것도 마찬가지다.

아파트 경비원의 일은 현행법상 시설 경비에 해당한다. "도난, 화재 그 밖의 혼잡 등으로 인한 위험 발생을 방지하는 업무"라고 돼있다. 누구라도 업무 범위를 벗어난 일을 시키면 처벌 대상이다. 3년 이하 징역이나 3천만 원 이하 벌금으로 가볍지 않다.

어떤 데는 아파트 경비 일을 갓 시작한 분들이 업무일지에 '분리수거'라고 적어놓으면 관리소장이 득달같이 불러서 다시 쓰라고 하는 것도 이런 이유이지만, 우리의 경우에는 또 그렇지만은 않다.

우리나라가 최저임금 제도를 시작한 건 1988년이다. 그런데 경비원들이 제도 적용 대상이 된 건 2007년부터다.

이마저도 감액이 적용돼 최저임금의 17%만 받을 수 있었다. 그러던 것이 비율이 차츰 높아져 2015년에 100%가 됐다. 경비원은 근로기준법이 정한 근로시간과 휴일 규정을 지키지 않아도 되는 직종이다. 사용자가 고용노동부 장관의 승인을 받아야 한다는 조건이 붙었지만, 승인 받는 건 어렵지 않다.

제도와 법이 이럴 수 있는 건 아파트 경비원을 '감시(監視)가 주 업무이고, 정신·육체적 피로가 적은 일을 단속적(斷續的)으로 하는 사람'으로 보기 때문이다. 오래전에 일본 노동기준법을 참고해 우리 근로기준법을 만들었을 당시엔 그럴 수도 있었지만, 지금은 안 그렇다.

한국 비정규노동센터가 전국 15개 지역 아파트 경비원 3,388명을 대상으로 조사해 2019년 11월 내놓은 보고서를 보면 방범 업무 비중은 평균 31%다. 나머지는 분리수거, 청소, 주차 관리, 택배, 조경 업무, 풀뽑기 업무다. 이런 방범 외 업무가 90% 가까이 되는 곳도 있다.

최근 15년 이내 들어선 아파트의 80% 이상은 기계 경비시스템을 도입한 것으로 나와있다.

그러니까 분리수거, 청소 등도 외부 용역업체에 맡기는데 지금은 조경이나 소독 같은 분야는 외부 용역업체에 맡기고 있는 실정이다.

하지만 오래된 아파트에서는 아직도 경비원이 하는 곳도 있다. 경비 일은 24시간씩 2교대로 돌아가며 하는데 '피로가 적다'고 보긴 어렵다. 150가구 이상 공동주택에서 일하는 경비원만 여러 명 되는데, 내가 처음 근무했던 곳(단지)은 약 700가구 정도 사는데 관리사무소 안에는 관리소장 1명, 경리 직원 1명, 기전실 근무자 6명(반장 2명 포함), 경비원 12명(반장 2명 포함), 미화원 4명(반장 1명 포함) 이렇게 직원들이 많다.

경비원들은 보통 200만 원 안팎의 월급을 받는데, 2020년 봄 처음 경비를 시작한 나의 경우에는 실수령액은 약 160만 원 정도 받고 있다.

나이는 1947~1948년생이 많아 70대 중반이고, 딴 곳보다는 휴게 시간이 많은 것이 특징이다. 그러나 지금의 2022년에는 경비들이 장기간의 코로나 사태와 불경기 탓인지 1963년생까지 입사하는 것을 볼 수 있다. 빌딩 경비는 다소 주민들과의 접촉이 덜하기 때문인지 월급은 적어도 선호하는 경향이 있고, 어떤 곳은 젊은 30~40대가 보안 경비로 있는 건물과 특수시설의 근무자는 월급이 250만 원이 넘는다.

올해 정부가 '공동주택 경비원 근무환경 개선 대책'을 내놨다. 구체적인 설명은 없지만, 고용에 미치는 영향까지 고려해 경비원 업무 범위를 명확히 하겠다는 내용도 있다.

방범 외 업무를 인정하면 근로기준법이 적용돼 연장근로 시 수당을 받을 수 있다.

이렇게 되면 관리비 인상으로 이어져 일자리가 줄 수 있다는 우려도 있지만, 조사에서는 '관리비가 인상돼도 고용을 유지하겠다'는 응답이 '감원 불가피'보다 더 많았다.

경비업무 비중이 3분의 1밖에 안 될 만큼 다른 일을 많이 하고 있다면 현실을 반영해 업무 범위를 조정하는 게 맞아 보인다.

아파트 경비원에게 폭언 등 갑질하면 최대 1,000만 원 과태료

아파트 경비원에게 폭언 등 갑질을 한 입주자나 이를 방치한 입주자 대표회의는 최대 1천만 원의 과태료 처분을 받을 수 있다.

정부는 고용노동부, 국토교통부, 경찰청 등 관계 부처 합동으로 이런 내용이 담긴 '아파트 경비원 근무환경 개선 대책'을 발표했다. 이번 대책은 2020년 5월 입주민의 폭언과 폭행을 이유로 극단적 선택을 한 경비원 고(故) 최00 씨와 비슷한 사건이 재발하는 것을 막기 위해 마련됐다. 정부는 올해 하반기 공동주택 관리법 시행령을 고쳐 아파트 관리규약에 '경비원 등 근로자에 대한 폭언 등의 금지' 조항을 넣도록 의무화할 예정이다.

관리 규약이란 아파트 입주민이 만드는 '아파트 안에서의 법'으로 볼 수 있다.

동대표는 어떻게 뽑는지, 회계 관리는 어떻게 해야 하는지 등이 규정돼 있다. 현행 규정상 관리 규약을 지키지 않으면 지방자치단체는 실태조사를 등을 거쳐 최대 1천만 원의 과태료를 부과할 수 있다.

✎ 한 경비원에 대한 국민청원과 결과

앞에서 말한 고 최00 경비아저씨에 대한 청와대 국민청원을 올린 분의 이야기를 들어본다.

청원 시작 2020. 05. 11. 청원 마감 2020. 06. 10. 참여 인원 446,434명

저희 아파트 경비 아저씨의 억울함을 풀어주세요.

안녕하세요. 저는 **동 **아파트 *동에 거주한 지 이제 2년째 되어가는 입주민입니다. 주택에서만 쭉 살다가 물 좋고 공기 좋은 이곳에 와서 행복한 나날을 보내던 중 어제 정말 허망하고 억울한 소식을 들었습니다. 저희 경비 아저씨가 주차 문제로 인해 4월 말부터 20일 정도 말로 설명할 수 없이 힘든 폭언으로 인해 생을 마감하셨다는 소식이었습니다.

정말 좋으신 분이셨습니다. 처음 이사 와서 저한테, 아니 입주민들에게 매번 잘해주시고, 자기 가족인 것처럼, 자기 일인 것처럼 매번 아파트 주민분들을 위해 희생하시는 성실한 분이셨습니다. 같이 깨끗하게 살아야 한다면서 아파트 안쪽 청소도 모자라 아파트 밖까지 청소하시는 정말 열심히 사시는 분이셨습니다. 아침마다 먼저 오셔서 "안녕하세요."라며 먼저 인사해 주시는, 힘든 출근길에 웃음을 주시는 비타민 같은 존재셨습니다.

그래서 처음 아파트에 살면서 불편하다고 생각이 하나도 안 들 정도로 잘해주셨고, 대학생 딸분 이야기하시면서 저도 딸같이 생각이 드셨는지 공주님이라고 칭해주시면서 엄청 챙겨주시고 예뻐해 주시고 귀여워해 주시던 아저씨 생각하니 눈물이 앞을 가립니다.

처음에는 공주님이라는 칭호가 부담스러워서 좀 이상한 분인가 오해했던 제가 너무 죄송하네요. 그만큼 엄청 좋으신 분이셨단 겁니다.

근데 주차장이 협소합니다. 두 동밖에 없어서인지 많이 협소하긴 합니다. 주차를 하기 위해 주말이면 여러 번 뱅뱅 돌아야 하는 고충이 있습니다.

그 주차 문제 때문에 일이 벌어졌더군요. 이중주차로 인해서 자기 차를 밀었다고 사람을 죽여 버리겠다고 협박을 하고, 근무시간마다 와서 때리고 욕하고 CCTV만 봐도 인성이 딱 보이는 그런… 나쁜 사람에게 그 순진하시고 연약한 분이 매번 폭언으로 얼마나 힘드셨을까요…? 생각만 해도 가슴이 찢어집니다. 그런데 그 가해자분은 그런 분에게 사죄하는 마음도 일도 없이 언론 인터뷰에서 아무것도 모른단 식입니다.

오히려 명예훼손으로 맞고소를 했다고…. 정말 인간인가 싶습니다.

"우리 애들 10명 풀어서 땅에 묻어줄까?"라는 말을 하는 거 보면 조폭 관련된 분이실 것 같은데요, 연예계 종사하시는 분, 매니저 일 하시던 분이라고 들었는데 조폭 관련된 일을 하는 사람이면 수사 진행 부탁드립니다. 기사 댓글만 봐도 강북하면 조폭 알아준단 식인데, 강북구 조폭들 수사 강하게 원합니다. 그래야 이렇게 강자가 약자를 협박하고 폭행하는 일이 없을 것 같습니다.

마음 같아서는 사형 집행해 달라고 말씀드리고 싶은데…. 철저히 다 수사해서 경비 아저씨의 억울함을 풀어드리고 싶습니다. 사형은 아니더라도 무기징역 원합니다. 그리고 경비 아저씨들이나 하청 용역 분들 보호해 주세요. 경비 아저씨들도 한 가정의 사랑받는 소중한 할아버지, 남편, 아빠입니다. 입주민의 갑질… 없어져야 합니다. 오히려 아파트를 위해 입주민들을 위해 고생하신다고 응원해 드려야 합니다.

정말 좋으신 분이셨습니다. 그 노고를 알아서 아저씨가 힘드신 일 당하신 거 알고 산재도 알아봐 주시고, 이번 일 벌어지고 나서도 입주민들이 그분 쫓아내고 신고하려고 회의도 진행했다고도 들었고, 아저씨가 너무 무서워하시고 스트레스 받아 하시니까 병원에도 입원시켜드렸다고 들었습니다. 그만큼 열심히 사셨고, 정말 순수하시고 좋은 분이신 겁니다.

저만 해도 문창과 나왔어도 글도 잘 못 쓰고 창피한 마음이지만, 아저씨가 그만큼 저한테 잘해주시고 열심히 해주셨기에 안타깝고 화가 나는 마음에 처음 국민청원을 올려봅니다.

제발, 아저씨의 억울함을 풀어주세요. 엄한 형벌이 나올 수 있게 같이 힘써주세요.

문재인 대통령님, 부디 약자가 강자에게 협박과 폭행을 당해서 자살을 하는 경우가 없는 나라가 되게 해주십시오….

긴 글 읽어주셔서 감사합니다.

✎ 답변 원고

안녕하십니까. 국토교통비서관 유○○입니다.

안녕하십니까. 고용노동비서관 조○○입니다.

「저희 아파트 경비아저씨의 억울함을 풀어주세요」라는 청원에 대해서 답변 드리겠습니다.

지난 5월 10일 입주민의 폭언과 폭행을 견디다 못한 경비원 최OO 님이 극단적인 선택을 한 사건이 있었습니다. 청원인께서는 고인이 경비원으로 일했던 아파트 주민이라고 밝히면서 고인의 억울함을 풀어주고, 입주민 갑질을 근절시켜달라고 청원하셨습니다.

본 청원에는 총 44만 6,434명의 국민께서 동의하셨습니다.

먼저 고인의 죽음에 애도를 표하고, 상심이 크실 유가족들분께 깊은 위로의 말씀을 드립니다.

현재 고인에게 폭언과 폭행을 가한 주민은 구속기소 돼 재판을 앞두고 있습니다.

수사와 재판 결과에 따라 그에 상응하는 처벌을 받게 될 것입니다.

경비원 사망 사건 발생 후 지난 5월부터 서울경찰청에서는 경비원 갑질에 대한 특별 신고 기간을 운영하고 있습니다. 현재까지 33건의 신고가 접수됐는데, 이 중 14건은 검찰로 송치했고, 16건은 수사 중입니다. 주로 경비원을 폭행하거나 사직을 강요하고, 업무를 방해한 혐의입니다.

앞으로 정부는 '갑질 피해 신고센터'를 통해 공동주택 경비원 등에 대한 갑질 신고를 받습니다.

사고체계를 일원화해 구성하는 범정부 갑질 피해 신고센터에 피해 사실을 신고하면 국토부와 경찰청, 고용부 등 소관사항별로 관련 법령에 따라 적극 조치할 것입니다.

경찰청은 경비원 등에 대한 범죄에 대해서 엄정히 대응할 것이며, 피해를 신고한 분의 신원이 알려지지 않도록 하는 방안을 강구하겠습니다.

아울러 시행령 개정도 준비 중입니다. 경비원의 근무환경 개선을 위해 올해 안에 공동주택관리법 시행령을 개정하겠습니다. 개정된 법안에는 '경비원 등 근로자에 대한 폭언 등의 금지와 발생 시 보호에 관한 사항'을 아파트 관리규약에 포함시켜 경비원에 대한 부당행위가 발생했을 때 필요한 조치와 신고 등이 이뤄질 수 있도록 하고자 합니다.

경비원에 대한 부당한 행위가 발생할 경우 관리업체뿐만 아니라 입주민이나 입주자 대표회의가 함께 힘을 모아 갈등을 해결하고, 경비원에 대한 보호조치를 취하도록 하는 등 책임을 강화해 가도록 하겠습니다.

또한, 실효성을 높이기 위해 지방정부의 시정명령권 등을 통해 관리·감독하도록 하겠습니다.

더불어 인식 개선을 위해 올해 7월부터 아파트 내 상호 존중 문화를 만들기 위한 캠페인을 시작합니다. 9월부터는 입주자 대표와 관리소장 등에 대한 의무교육에 경비원 인권 존중과 갑질 대응 조치 내용을 포함하는 등 교육을 강화하고, 입주자에 대해서는 반상회 등을 통해 인식개선 노력을 지속해 가겠습니다.

또한, 경비원의 근로시간, 휴게실 설치 여부 등 근로 여건에 대한 정기적인 조사체계를 마련해 취약한 단지를 지도 감독하겠습니다.

우리 국민의 60% 이상이 아파트에 거주하고 있습니다. 이번 경비원 갑질 사건은 법률 개정과 처벌을 통해 해결함과 함께, 사회적 공감대와 구성원들의 노력이 필요한 부분도 있습니다.

　전국 곳곳에서 아파트 경비원의 고용 안정과 처우 개선, 노동인권 향상을 위한 입주민 대표자회의와 경비원 간의 공동 노력이 벌어지고 있습니다.

　광주와 안산, 울산에서는 '노동인권 상생협약'을 맺었습니다. 서울시는 경비원 처우를 개선한 아파트에 보조금을 지급하고, 경비원 공제조합 설립을 지원하는 등 '경비원 노동인권 보호 및 권리구제 종합대책'을 발표하기도 했습니다.

　또한, 사건이 발생했던 강북구도 경비원 인권증진을 위한 조례 개정 등 종합 대책을 추진하고 있습니다. 이러한 좋은 사례가 정착되고 확산될 수 있도록 정부의 지원을 더 확대하겠습니다.

　이어서 경비원 등의 근로조건 진단 및 보호에 대해 말씀드리겠습니다.

　고용노동부는 지난 6월부터 전국에 있는 공공주택이 자율적으로 법령을 준수할 수 있도록 노무관리 자가진단을 실시했습니다. 이를 통해 노무관리가 취약한 아파트가 스스로 노동관계법에 맞추어 노무관리를 해 나가도록 유도해 나가겠습니다.

　그럼에도 불구하고 개선이 되지 않거나 직장 내 괴롭힘이 신고된 공동주택을 대상으로는 정기 감독을 실시해 문제점을 개선해 나갈 예정입니다.

　이와 함께 「산업안전보건법」을 개정해 주로 고객을 응대하는 근로자 외에도 고객의 폭언 등으로부터 피해를 입은 근로자를 보호하도록 관리업체에게 의무를 부여해 피해 경비원이 보호받을 수 있도록 조치하겠습니다. 상담이 필요한 경비원에게는 안전보건공단의 '직업적 트라우마 전문 상담센터'나 근로복지공단의 심리상담프로그램을 통해 지원하겠습니다.

고용노동부는 사업장 지도를 통해 근로계약이 보다 장기적으로 체결될 수 있도록 하여 고용안정을 유도하겠습니다. 2021년부터는 단기 계약이 만연한 공동주택을 근로감독 대상에 포함하겠습니다. 한편 현재 경비원은 감시 단속적 근로자로 구분돼 있습니다. 감시 단속적 근로자란 업무가 감시업무 또는 업무와 업무 사이의 대기시간이 많은 업무를 담당하는 근로자를 말합니다. 감시 단속적 근로자는 근로기준법상 근로시간과 휴게 등에 관한 규정의 적용을 받지 않습니다.

그러나 공동주택 경비원의 경우, 경비업무 이외에 분리수거와 주차지도, 택배업무 등 다양한 노동을 하고 있어 현실과 법적용 사이에 괴리가 있고, 입주민과 경비원 간의 갈등의 원인이 되기도 합니다. 올해 하반기까지 관계 부처 합동으로 '공동주택 경비원 제도 개선 TF'를 구성하겠습니다. TF에서 경비원의 업무 실태 및 고용에 미치는 영향 등을 고려한 개선 방안을 마련하여 경비원의 업무 범위와 기준을 명확히 하겠습니다.

아울러 정부는 조사체계를 구축하여 제도 개선 방안을 시행한 이후 제도가 제대로 정착하고 있는지를 정기적으로 조사하고 이행상황을 점검해 가도록 하겠습니다.

국민 여러분, 경비원에 대한 갑질과 이로 인해 극단적 선택을 하는 안타까운 사건을 함께 해결해 보고자 청원을 통해 마음을 모아주신

데 감사드립니다. 정부도 안전이 보장되는 경비 근로 환경을 만들 수 있도록 더 점검할 것들은 없는지, 미비한 점은 없는지 지속해서 살피겠습니다. 국민 여러분께서도 함께해 주시길 부탁드립니다.

이상으로 답변을 마칩니다. 감사합니다.

경비초소 안의 전기 사용을 매일 체크

내가 4번째 근무했던 ○○ 아파트는 매일 경비일지에 전기 미터를 확인하고 사용량을 매일 적도록 하고 있다. 그리고 전기를 많이 쓰는 한여름에는 에어컨을 사용하는데, 전기 사용이 좀 올라가면 전기 많이 쓰지 말라고 이야기한다. 경비원들이 에어컨을 쓰면 결과적으로 전체적인 공동주택의 전기료 부담이 올라가기 때문에 못마땅하게 보는 주민들이 있다.

본인들은 더운 것을 못 참지만 내 밑에서 일하는 사람들은 그런 걸 왜 못 참느냐며 잘못된 사고방식을 가진 사람들이 많고, 특히 회장단 중심으로 해서 경비원의 근무에 참견하는 곳도 있다. 주민들도 대표를 잘 뽑아야 하는데 질이 안 좋은 사람들이 많다.

상생 고용 가이드라인이 있어 아파트 공동체 발전과 경비원의 권익

보호를 위해서 주민들이 할 수 있는 내용을 찾아보라는 차원에서 만들어진 가이드라인이고, 주요 내용은 고용 안정을 배려해서 이제 고용계약을 체결하자 그리고 경비원들이 수행해야 할 업무 범위를 제시했다.

경비원도 우리의 이웃이에요!

✎ 경비원 상생 고용을 위한 입주민의 약속

1. 우리는 경비원의 휴게 시간을 방해하지 않습니다.

   경비원의 휴게 시간은 무급!

2. 택배는 가급적 직접 수령합니다.

   부득이하게 경비실에 맡긴 경우, 근무시간 중에 찾아갈게요!

3. 휴게실은 휴게실답게

   경비원을 위해 제대로 된 휴게 시설을 마련하는 것을 적극적으로 찬성합니다.

4. 부당한 추가 업무는 요구하지 않습니다.

   경비원의 주요 업무는 감시업무. 어쩔 수 없이 요구하게 될 경우에는 추가 수당을 지급합니다. (인식변화가 필요할 때입니다.)

아파트 옥상에서 젊은 사람 투신하여 자살

2020년 어느 날 오전에 신고가 들어왔다. 어떤 사람(남성 20~30대 추정)이 옥상에서 떨어져 죽었다고 다급하게 경비실로 연락이 와서 현장에 가보니 벌써 많은 사람이 모여있었고, 주민들이 신고하여 119 구급대와 경찰 차량 그리고 요즘 코로나19로 인해 방역 차량과 관계자들이 현장을 처리하고 조사를 끝내고 돌아가는 모습을 쓸쓸히 지켜봐야만 했다.

신문기사에 의하면 2019년 한국에서 하루 평균 38명이 스스로 목숨을 끊은 것으로 조사됐다. 특히 20대 전체 사망자의 절반 이상은 자살에 의한 것이었고, 20~30대 여성들의 극단적 선택이 크게 늘어 눈길을 끌고 있다.

통계청이 발표한 '2019 사망원인 통계'에 따르면 지난해 자살 사망자 수는 1만3799명으로 전년 대비 0.9%(129명) 늘었다. 이는 OECD 회원국 중 자살률이 가장 높은 국가다.

한국 국민의 사망 원인 1위는 암(27.5&)이었고, 심장질환, 폐렴, 뇌혈관 질환, 자살, 당뇨병, 알츠하이머병 순서로 나타났다.

음식물류 폐기물의 분리배출 기준표

··

🖈 **종량제 봉투에 넣어서 배출할 폐기물**

- 육류– 소·돼지 등 육류의 뼈다귀 및 털(살코기가 붙어있지 않은 경우)
- 어패류– 조개, 굴, 꼬막, 소라, 전복, 멍게 등의 어패류 껍데기

  게, 가재 등 갑각류의 껍데기

  복어 내장
- 과일류– 복숭아, 살구, 자두, 감 등 핵과류의 씨

  땅콩, 밤, 호두, 도토리, 코코넛, 파인애플 등의

  딱딱한 껍데기
- 채소류– 쪽파, 대파, 미나리 등의 뿌리(흙이 붙어있는 경우)

  생강 껍질, 옥수수 껍질, 양파 껍질, 마늘 껍질, 옥수수

  속대, 고추대, 마늘대
- 찌꺼기– 각종 차류(녹차 등) 찌꺼기, 한약재 찌꺼기 등
- 곡 류– 왕겨 등
- 주 의: 분쇄 시설의 고장 방지 등 재활용 시설의 적정 처리 효율

  을 위해 지나치게 딱딱한 물질은 일반 쓰레기로 배출

  OO 관리사무소(직인 생략)

〈재활용 가능 자원 분리배출 요령〉

- 구분 / 분리배출 요령

- 플라스틱 용기

  : 용기 안에 담겨있는 내용물은 깨끗이 비우고 압착하여 배출(페트병 등)

- 비닐(필름류)

  : 이물질 제거가 어려운 경우 종량제 봉투로 배출

- 스티로폼

  : 부착상표 등을 제거, 이물질이 묻었으면 씻어서 배출

  TV, 냉장고 등 포장·운반에 사용된 스티로폼은 되도록

  제품 구입처로 반납

〈종량제 봉투로 배출하는 품목〉

- 이불, 베개, 가방, 솜 인형, 방석, 나무젓가락, 아이스 팩

- 음식물 묻은 각종 재활용품들(비닐, 스티로폼, 사발면 등)

- 액체가 묻은 비닐(보약, 음료수 팩 등)

- 폐건전지나 다 쓴 형광등은 환경오염을 줄이기 위해 아파트, 상가 건물마
  다 따로 버리는 곳이 지정되어 있다.

생활 속의 층간소음 예방 팁

1. 폭신한 슬리퍼를 신어보세요.

   층간소음 발생 원인의 70% 이상은 발걸음과 뛰는 소리입니다. 실내 슬리퍼 착용을 생활화해 보세요. 슬리퍼 밑창은 3cm 이상이 효과적입니다.

2. 어린이가 있는 집은 층간소음 방지 매트를 설치해요.

   매트 두께는 4cm 이상이 효과적입니다. 바닥은 아래층과 위층이 공유하는 것을 우리 아이들에게 알게 해주세요.

3. 가구에 소음방지 패드를 붙여요.

   자주 사용하는 가구(의자 등)에 소음 저감 용품을 설치하면 층간소음을 줄일 수 있어요. 가구를 이동시킬 때는 주의를 기울여 주세요.

4. 이벤트 소음은 이웃에게 미리 양해를 구해보세요.

   예상하는 소음에는 크게 놀라지 않아요.

5. 늦은 밤과 이른 아침에는 세탁기와 청소기를 사용하지 않아요.

   휴식과 수면방해로 인한 이웃과의 갈등을 줄일 수 있어요.

6. 보복 소음은 안 돼요.

   보복 소음은 서로 간의 감정을 더욱 상하게 하며, 불필요한 오해를 쌓게 합니다.

중앙 공동주택관리 분쟁조정위원회 031-738-3300

namc.molit.go.kr (2020년 현재)

'층견(犬)소음' 심각하다

아파트 등에서 반려동물을 기르는 사람들로 인해 이른바 '층견(犬)소음'을 호소하는 사람이 많아지고 있다. 밤낮없이 짖어대는 이웃집 개로 인한 스트레스로 제기하는 민원이 서울에서만 매년 1,000건이 넘는다.

개가 짖는 소리는 80~90데시벨(dB) 정도로, 전동 드릴 소리와 비슷한 수준이다. 문제는 '층견(犬)소음'은 층간소음으로 규정되지 않아 이를 단속할 마땅한 규정이 없다는 것이다. 앞으로 층견소음 문제는 더 요란해질 것이라 앞으로 이에 대한 규제 방안이 필요한 시점이다.

경비원끼리 청소 때문에 퇴사하는 경우

오래된 아파트에는 가을이 되면 나뭇잎이 많이 떨어진다. 그래서 나무가 많이 있는 곳을 안 가는 경험 많은 경비원도 있다. 요즘 새로운 아파트는 나무가 많지 않아 낙엽이 많지 않다.

잎이 떨어지면 초소마다 담당 구역이 있다. 서로 청소하고 관리하는 구역이 있어 쓸어 모아야 하는데 한쪽은 열심히 쓸고 한쪽은 방치하면 쓸어 모은 데와 청소 안 한 곳은 경계가 생기고 분명해진다.

그런데 바람이 세게 불어 낙엽이 청소한 쪽으로 날리면 그 경비원은 짜증을 내고 항의하다 그만두는 경우도 있었다. 또 한 초소에서 한 사람은 담배를 피우고, 또 한 사람은 안 피우면 담배 냄새 때문에 한쪽이 그만두고, 좁은 한 초소 안에 한 냉장고를 같이 쓰게 되어 반찬을 서로 넣는데 내 반찬을 상대방이 먹었다고 다투는 경우도 있어 서로들 좋게 지내야 하는데 서로 성질을 내면 양쪽이 피해를 보든지, 한쪽만 피해를 보는 경우도 많다.

다시 생각하는 경비라는 직업
....

내 일이 수입이 불규칙하여 경비로 하루 일하고 하루 쉬고 하는 경비 일이라는 게 초소 안에 근무하고 있어 택배 받고 꽁초 줍고 분리수거는 1주일에 한 번 하고 매일 야간에 순찰 돌고 잠은 경로당에서 쉬고 너무 좋다.

나의 경비로 처음 근무할 때 내가 맡은 동의 평수는 19평으로 정말 서민들이 사는 곳이었다. 이런 곳이 더 인정이 많다. 운동화나 신발이 나오든지 가전제품 생활용품이 나오면 주민들이 만져보고 쓸 수 있으면 가져간다.

여기서 시작할 때의 교대자는 나보다 4살 많고 성격이 깐깐했다. 근무한 지 오래되었다고 한다. 내가 경비로 시작하자 관리사무소 여직원이, 그때 5동에서 근무했는데, 5동 반장님이라고 해서 "나는 반장이 아닌데요."라고 말한 적이 있다. 그 당시 경비한테 이름 부르기도 그렇고, 아저씨라고 그러기도 그래서 듣기 좋게 반장이라고 그러지만, 사실 반장이 따로 있다.

여기서 1년 근무하다가 집에서 가까운 곳으로 경비 자리를 옮겼는데, 2번째 옮긴 곳은 222가구가 사는 작은 단지 아파트다. 소장은 여성인데 부지런하게 열심히 일을 찾아서 잘한다. 여기는 4동으로 구성되어 있는데, 보수는 먼저보다 많이 받는데 그만큼 야간 순찰이 많아 항상 잠이 부족하다. 여기서도 돈을 주는 만큼 일을 시키는데 매일 잡부같이 일을 하지만 지금 생각하면 당연하다고 생각하는데 당시에는 너무 간섭을 받아 그만두었다.

3번째 옮긴 곳은 삼송동의 OO 아파트인데 거기는 단지 내의 초소가 정문 입구 한군데 있다. 근무는 6명이서 교대로 근무하니 하루 3명씩 근무하게 되는데, 단지는 큰데 3명이 정문 차단기를 본다. 낮에 옥상 순찰하며 계단으로 내려오며 불법 전단지 붙어 있나 확인하고, 분리수거 때는 떨어져 있는 3개 동을 혼자서 뛰어다니며 관리하느라 엉덩이 붙일 시간도 없고, 그밖에 잡일까지 하느라 녹초가 되어 퇴직하게 되었다.

나의 4번째 근무처에서는 경비원이 1시간씩 돌아가면서 입구에 있는 차단기 초소에 나가 들어오는 방문 차량을 일일이 행선지와 용무를 물어 확인하고 들여보내고, 입주자 차량은 센서가 있어 자동으로 차단기가 올라간다. 그런데 언제부터인가 들어오는 차량에 거수경례를 하게 하는데 물론 자발적인 본인의 의사가 아니고 상부의 지시가 있어서 하지만 뭔가 거북하고 어색한 느낌이 든다.

전문가들은 경비원의 임무는 시설하고 안전 관리하는데 왜 거수경례를 하는지 황당하고 웃어넘길 이야기가 아니라고 정색을 한다.

나도 꼭 그렇게 해야 하는지 생각을 해봤지만, 시키면 시키는 대로 해야 하는 입장이니 따를 수밖에 없다. 물론 그것도 친절의 한 방편일 수 있겠고, 아파트의 품격을 높이는 방법이 되겠지만 생각하기 나름이라 긍정적으로 생각해야 마음이 편하다.

이것도 처음에 주변의 한 아파트에서 시작하니까 유행처럼 번져 왜 우리 아파트에서는 그렇게 안 하냐고 해서 시작한 것이라고 들었다.

사직하게 된 직접적인 이유는 분리수거 하는 날 저녁에 무서운 광풍이 불어 쌓여있던 종이나 폐지 가벼운 플라스틱 등이 날라가고 하는 와중에 주위가 쓰레기로 뒤덮여 동대표가 그 모습을 보고 민원을 제기해 반장이 와서 사유서와 시말서를 요구해 불가항력으로 마무리를 못했지만 최선을 다했기에 결국 요구에 응하지 않고 그만두었다.

5번째로 간 곳은 여기서는 한 달간 근무를 했지만, 근무 환경이 열악하고, 자동차를 이용하다 주차 시 가벼운 접촉사고도 있어 내 집과 가까워 걸어 다닐 수 있는 곳에 자리가 나서 미련 없이 옮겼다.

6번째 정착할 곳으로 집과 가까워 출퇴근도 가볍고, 근무 환경도 그런대로 좋아 여기서 오래 다니려고 생각했지만, 2번이나 만난 교대 자들과의 갈등과 다툼으로 결국 4개월 만에 사퇴를 권유받았다.

7번째의 직장은 옮긴 지 얼마 되지 않아 전반적으로 이쪽 환경에 적응하려고 한다.

'고다자'라는 말이 있다

지금은 경비원을 하려는 사람들이 줄을 섰다. 그러나 3개월씩의 단기 계약이 많아 상시적 고용불안에 시달리고, 부당해고 당했다는 경비원도 다른 직종에 비해 많은 편이다.

오래된 얘기이지만, 2007년도에 경찰청에서 법제처에 질의를 했다.

아파트 경비원에게 재활용 쓰레기 분리작업을 지시할 수 있나?

경비원에게는 그 일을 시켜서는 경비업법 위반이므로 경비업무 외에는 지시할 수 없다. 그것은 경비업법 위반이다. 이렇게 정확히 답을 주었다. 그래도 지금까지 묵인 하에 오랫동안 끌고 왔다.

"휴게 시간은 어디서 사용합니까?"라고 물어보니까 휴게 공간도 경비 초소, 그나마 남아있는 곳도 거의 지하 공간이라 협소하고 어둡고 각종 배관과 석면가루가 있어 이용하지 않는다.

'고다자'라는 말은 '고르기 쉽고, 다루기 쉽고, 자르기 쉽다.'라는 말의 줄인 말인데, 경비원의 주된 업무는 청소하고, 주차 관리와 순찰 그리고 1주일에 한 번 분리수거를 돕는 일이다.

이런 일도 있다. 주민 중에 사업을 하다 보면 차를 여러 대 갖고 있는 경우도 있는데 한 대만 면제인 경우 나머지는 주차 스티커를 일정액을 내고 차량에 붙여야 하는데, 등록 안 한 차량은 외부 차량으로 간주하여 처음에는 안내장을 붙인다. 상습적인 차량은 빨간 접착제 스티커를 붙이는데 그 입주민은 주민 차량에 이런 걸 붙였다고 경비원에게 항의하고, 관리사무소에 가서도 따지고 든다. 경비원이 또 이렇게 안 하면 주민들은 외부 차량을 단속 안 한다고 민원을 넣기도 한다.

그러나 이 세상은 둥글어서 주민 중에는 좋은 분들이 많다. 예를 들어 고생한다고 더울 때는 주스나 음료수를 주기도 하고, 아이스크림을 사 들고 오시기도 하고, 떡이나 빵, 과일 등을 챙겨주어 그럴 때 참으로 고마운 생각이 든다.

경비원의 소속은 업체와 소장 지시, 급여는 입주민

경비원 입사 때의 면접은 용역회사와 하고 근무를 현장에서 할 때는 관리소장이 지시를 내리고, 급여는 입주민들 관리비에 포함되어 나오고, 모든 영향력 결정권자는 입주자 대표회의에서 정한다. 헷갈리지만 경비원 사용자는 대체 어디인가?

소속은 경비용역회사 그렇지만 최상위의 사용자는 입주자 대표(입대회), 주민들이 선출한 대표들이기에 권한은 막강하다. 잊지 말아야 할 것은 그래도 최상의 계층은 주민들이다.

경비원들이 사각지대에 있어도 잘 보호받지 못하는 이유는 다 피해 나갈 수 있는 구멍을 만들어 놨기에 가능하고 문제 인식을 공유하여 하나씩 개선해 나가야 바람직하지 않으냐고 이야기하고 싶다.

입대회에서 지적하면 용역회사에서 해고시켜 주는 시스템이라 문제가 생기고, 경비노동자 대다수가 단기 계약직으로 항변을 못 하는 실정이다.

「기간제법」이라고 있는데 제4조 1항에는 "사용자는 2년을 초과하지 아니하는 범위 안에서 기간제 근로자를 사용할 수 있다."라고 명시되어 있는데, 이는 1년 이상 근로자는 정규직으로 전환될 수 있는데 만 55세 이상 근로자의 경우에는 이에 해당하지 않게 대통령령이 정하는 고령자는 예외로 되어있어 계속해서 계약직으로 쓸 수 있는 것이다.

그래서 이러한 법이 문제이고 근로기준법에서는 감시적 근로자처럼 경비를 하는 사람은 노동부 장관이 승인만 하면 예를 들어 근로시간이나 휴게 시간 등 휴일에 대한 노동자에 대해 보장을 해주는 것들을 배제할 수 있다.

법 따로 있고, 규정 따로, 현실 따로 있어 단시일 내에 뜯어고치는 것은 어렵고, 경비원들 입장에서는 지켜볼 수밖에 없다. 24시간의 근무 형태는 신체적으로 무리도 가지만 입주민 입장에서는 24시간 근무를 하면 어찌 보면 불필요한 비용이 지출될 수도 있고, 3교대를 하고 야간에는 최소한의 인원을 배치하는 방안은 경비노동자도 좋고, 입주민도 좋고, 그런 방안도 고민해 봐야 한다.

제3장
경비원의 권태기 지금부터가 고비

경비원이 짜증이 나는 경우

....

음식 배달 오토바이를 아파트 안에서 많이 보는데, 보통 시동을 켜 놓고 들어가니 소음과 매연으로 주민들이 짜증을 낸다. 특히, 야간에 는 소음소리가 크고 라이트도 켜져있어, 주민들의 민원으로 가끔 통제 도 하지만 오토바이는 젊은 사람들이 많아서 경비원이 얘기를 해도 잘 듣지 않는다. 또 1주일에 한 번 있는 재활용 분리수거 시 폐건전지와 종이팩이 나오는데, 폐건전지는 그냥 버려질 경우 환경에 유해한 영향 을 끼치고 종이팩도 수입에 의존하는 고급 천연펄프로 만들기 때문에 재활용을 위해서는 회수부터 철저히 하는 시민의식을 갖고 대부분 분 리수거를 분류 잘한다.

그러나 세세한 분류 시 종이나 종이 박스, 우유 팩, 플라스틱, 비닐, 스티로폼, 잡병과 술병의 분류, 고철 등이 있는데 일부 주민은 그냥 던 져놓고 가기도 한다. 그러면 우리 경비원들은 바빠서 그러려니 하고 이 해를 하곤 하지만, 폐기물도 모르는 사이 눈에 띈다. 정확하게 스티커 를 붙이면 좋으련만 간혹 임자가 보이지 않는 폐기물을 보면 속상하다.

폐가전제품은 무상으로 분리배출 할 수가 있으니 배출하기 전 사전 예 약 신청은 필수이고, 대형은 냉장고, 세탁기, 에어컨, TV, 러닝머신, 정수 기, 전자레인지 등에 해당하며, 소형은 전기밥솥, 청소기, 노트북, 헤어드 라이기 등인데 소형가전은 여러 개가 모여야 수거 신청이 가능하다.

재활용품을 분리 배출하려면 '비우고, 헹구고, 분리하고, 섞지 않는다.'라는 4대 원칙을 꼭 지켜야 한다.

초소에 있다 보면 자주 마주치는 미화원 여사님, 얼마 전에 근무하던 분이 그만뒀는데 새로 오신 분이 1주일 만에 또 그만두었다. 이유는 계단에 심주, 즉 구리가 있는데 거기를 반짝거리게 닦아야 하고, 청소에 필요한 물은 지하실에 있는데 그 지하는 어둡고 쥐가 많아 무섭고, 낮은 천장에 큰 배관들이 지나가 머리를 자주 부딪히기 때문이었다.

경비원이 아파트를 떠나는 이유

부산 남구 최대 규모의 아파트 단지에서 입주자대표회의에서 결정된 CCTV와 차량통행차단기를 중심으로 경비체계를 갖추기로 하면서 경비원들이 집단으로 사표를 냈다. (2018년 12월) 야간 근무까지 없애기로 해 입주민들의 반발도 거세어졌다.

부산 7,300여 세대 80동으로 이뤄진 이 아파트에 전체 경비원 110명 가운데 대부분 사표를 냈다. 야간 근무가 없어지면 근로시간 축소에 따라 경비원 월급은 많이 줄어들게 되어 결국 떠날 수밖에 없다고 하는데, 입주자 대표회의 측은 아파트 보안을 강화하고 외부 차량의 불법주차문제 등을 해결하기 위해서는 경비시스템 교체가 불가피하다는 입장이었다.

우리 경비원들이 제일 목소리를 내고 싶은 이야기는 임금 인상이나 재계약이 아니고, 경비원이라는 말보다는 그저 인간으로서 인정을 받고 존중받는 것이 아파트 경비노동자의 바람일 것이다. 인생의 마지막 직업이라고 생각하며 오늘도 묵묵히 한쪽에서 일하는 경비노동자들은 불리함을 참게 만든 주위의 인식 개선이 절실한 것이다.

그래서 고통 받는 경비원이 없어야 하고, 또다시 억울한 일에 휘말리지 않아야 한다.

근무시간에 가지치기나 풀 뽑고 구석구석 청결하게 해야 하고, 하여튼 시간만 되면 빗자루를 들고 담당 구역을 깨끗이 하기 위해 노력한다.

아파트 경비노동자들을 위한 지자체와 정부의 제도 개선이 필요한 시점이지만, 그들은 '평범한 인간'으로 대하는 우리의 따뜻한 시선을 이야기하고 싶다.

주민들과 가장 가까이 있는 이웃 아저씨

어린아이들이 있는 집에서는 아이들이 밖에서 놀다가 혹시나 오토바이나 차량이 들어오거나 하면 경비원들이 친절하게 봉사하는 모습으로 항상 나와서 안내를 하고, 안전하게 지켜주곤 하고 있다. 주변에서 폭행을 당하거나 갑질을 당하는 이면에는 혹시 말 못 할 고민이 있는 건 아닌가는 생각을 한 번쯤 하게 되는데, 주민들과 가장 가까이에서 주민 안전을 위해서 일하고 있지만 정작 본인은 열악한 처우와 감정 노동을 감당하는 사람들이 경비노동자들이다.

사회적 공분이 큰 상황에서의 큰 이슈가 될 사건은 지금도 어딘가에서 벌어지고, 또 감춰져 지나가는 일이 될 수도 있다. 분리수거 시 제대로 분류가 제대로 안 된 것들이 많아 경비원들이 골라내는데 주민에게 뭐라고 좋게 얘기해도 듣기 싫어하기에 조심스러워 알아서 배출하라고 관망한다. 그래도 예전보다 집에서 분류를 잘 해가지고 나오기에 일손이 줄어들고 있어 다행이다.

집에서 나오는 폐기물도 스티커를 붙여야 하는데, 슬쩍 갖다놓는 주민도 없다고 할 수 없다.

양심 있는 사람은 와서 "이 폐기물 얼마입니까?" 하면서 스티커 살 돈을 주고 가는데, 일부 주민은 폐기물을 오랫동안 방치하게 되면 '스티커를 붙이세요.'란 글귀를 적어놓고, 그래도 주인이 안 나타나면 결국 경비원 주머니에서 스티커 사서 붙인다.

아파트 경비원의 고충은 입주민 때문만은 아니다. 어떤 곳은 쉬는 날 부르기도 하고, 관리업무도 떠맡기고, 관리소장은 대개 경비원보다 나이가 적은데 반말을 하는 소장도 있다고 하고, 심지어는 욕까지 한다는 소리를 들었다. 그러나 내가 겪은 소장들은 모두 예의 바르고 매너가 좋았다.

관리소는 아무래도 주민 입장이라 경비원의 문제에 항의(민원 제기)가 들어오면 접수를 하고, 경비원 입장에서 따지고 들어갈 수 없어 무조건 승복을 하게 되는 것은 3개월마다 있는 재계약 때문이다.

주민들 차는 1대씩은 무료이고, 추가되는 차량은 월 얼마씩을 부담해 등록하여 차에 붙이는 스티커를 차량에 붙여야 한다. 추가 비용을 아끼려고 등록을 안 하면 주민 차는 맞지만 경비원 입장에서는 외부 차량으로 생각하고 방문증도 없으면 스티커를 붙이는데, 그중에는 경비원에게 막무가내로 따지는 주민들도 있다.

아파트 주민들의 성향을 보면 99%가 다 좋거나 보통이고, 경비원들이 싫어하는 사람은 1%다. 차단기가 있는 아파트는 간혹 운전자와 승강이를 할 때도 있다. 들어올 때 차단기에 바짝 붙어 있으면 센서가 안 맞아 차단기가 안 올라가니 뒤로 조금 후진하고 차를 잘 대면 차단기가 올라가는데, 그 얘기했다고 젊은 여자가 신경질 내며 별의별 얘기를 다 꺼내놓으면 나이 든 경비원은 상처를 받으니 상대하지 말고 수긍해주는 것이 상책이다.

같은 인간으로서 대화가 안 되면 피하고 참고 인내하는 직업이 경비 직업이다.

안전사고도 조심해야 하는데, 보통 주민들의 부탁에 여러 일을 도와주다 보면 사고도 발생한다. 예를 들어 주민이나 소장의 부탁으로 감을 따라고 해서 A형 사다리를 타고 감을 따다가 사다리가 고장이 나서 넘어지는 바람에 큰 사고로 연결되거나 주민의 부탁으로 베란다 쪽으로 올라가서 문을 열어달라고 해서 뒤로 올라가다 떨어지는 사고, 나무 전

지작업을 하다가 손가락 다치고 또 에어컨 달 때 주민이 같이 들어달라고 한 적이 있어 일련의 사고가 많다.

불합리한 요구에는 완곡하게 거절할 수 있는 용기가 필요하다.

경비반장과의 갈등

경비원들은 경비반장과의 갈등도 있는 경우가 있어 심하면 본인이 스스로 퇴사하거나 아니면 재계약 때 탈락하는 경우도 있다. 경비근로자는 A조와 B조로 나눠 24시간씩 맞교대를 하는데, 다 그렇지는 않다. 전에 여러 군데 근무했던 아파트의 반장 중에 딱 한 명이 자기 말 잘 듣고, 예를 들어 술이나 식사 대접을 잘하면 일은 못 해도 그냥 덮어주고, 친하지 않으면 어떻게나 잔소리를 하고 내팽개친다.

반장은 경비원들의 전달사항을 전하고 돌아다니며 아파트 내의 청소 부분을 확인하고, 관리소장의 지시를 받는 건을 전달하고 분리수거나 개인 지참물이 나오면 나눠주는 일을 하지만, 야간 순찰은 빼주고 반장수당으로 월 10만 원 정도 더 나온다.

그런데 웃지 못할, 이런 일도 있나 싶은 사건은 전에 들은 이야기인데, 경비반장 중에 제비족이 있어 쉬는 날 남몰래 예전에 많았던 카바

레나 무도장에서 밤이나 낮에 춤을 추면서 여성들의 돈을 갈취하였는데, 세상이 넓고도 좁은지 하필이면 근무하는 아파트 주민 중에 한 여성분이 그 반장에게 목걸이를 뺏겼다고 회사에 얘기하여 그 경비반장을 자르라고 해서 소장이 반장에게 자초지종 캐는데 본인은 춤도 못 추고 그런 적 없다고 오리발, 하기야 사람을 잘못 볼 수도 있어 그것으로 종결되는가 싶었는데, 꼬리가 길면 잡힌다는 속담처럼 이중생활을 계속하다 잡혀 결국 다니던 곳에서 그만두게 된 사연도 있다.

그러면 다시 돌아가서 경비원에 대한 법적 보호막은 없는 것일까? 근로자의 처우 개선과 인권존중을 위하여 노력해야 하는데 처벌 규정은 안 보여 법은 현실에서 유명무실하다. 만약 문제가 생겼을 때 이를 해결할 방법이 없다. 공동주택관리법 제65조에 포함된 아파트 경비노동자의 인권존중은 있지만, 아파트에서 문제가 생겼을 때 경비원을 찾는데, 이런 문제가 해결되지 않을 때 모든 책임을 지는 것은 물론 인격 모독까지 받는 경우도 있다.

왜 경비원은 자신의 목소리를 내지 못할까? 이는 낙인이 찍힐까 봐 할 말을 못 하는 거다.

경비원은 감시단속 근로자인데 '당신 경비들 그렇게 많이 필요 없어. 툭 잘라버리겠어.' 이렇게 협박식으로 나오면 할 말이 없다. 열 명이 있는데 그중 두 명보고 나가라 하면 나가야지, 우리 경비원은 어떤 저항력이 없다. 무슨 이유를 댄다거나 거기에 대해서 반론을 할 수 있는 어떤 그런 처지가 아니다. 불만사항을 얘기할 수 없는 경비원들은 자칫 일자리를 잃게 될 것이라는 두려움이 가장 크다.

경비원들은 3개월 단기 계약을 많이 하고 있다. 만 60세가 넘으면 계약 기간에 적용 안 받고 2년이 지나도 정규직 이런 적용을 받지 않는다. 계속 근무할 수 있는데도 무슨 민원이 있으면 바로 퇴사하기 쉽게 만들었지만, 법적으로는 문제가 되지 않는다.

경비원들의 고용구조는?

아파트마다 경비 고용구조는 다르지만, 입주자 대표회의에서 위탁관리회사를 선정하고 하청 경비 용역회사와 계약해서 경비원을 고용하거나 위탁 관리회사에서 직접 경비원을 위탁 고용하는 방식이 있다. 제삼자의 괴롭힘, 직장 괴롭힘인데, 지금은 직장 내 괴롭힘이 용역회사와 직접 고용을 하는 방법도 있는데 그것은 입주자 대표회의에서 싫어한다.

입주자 대표는 2년에 한 번씩 바뀌고 또한 전문적이지 않다. 근로계약서를 이해 못 하고 불안해하고, 산재가 발생했을 때 어떻게 해야 하는지 쩔쩔맨다.

경비로 근무하면서 생체리듬이 깨지는 것은 쉬는 날 휴식을 통해 보충하고, 예전에는 보통 지원하는 경비원 중에는 군대에서 예편한 하사

관 출신들이 많았다. 지금 근무하는 곳에는 나이가 70대 후반도 많다. 앞 초소의 동료가 하는 말, 2~3년 전에 그만둔 한 경비원은 여기 한 초소에서 만 25년간 근무하다 은퇴를 한 분이 계셨다고 해 나도 모르게 탄식이 나왔다.

와, 25년간이나! 정말 신 같은 존재이고, 존경하고 싶은 마음도 생겼다. 그만큼 경비 일이 쉽게도 보이지만 어려운 부분이 더 많은데, 그 긴 시간을 어떻게 버티셨는지.

우리 경비 일은 육체노동이 아니라 감정노동이라는 말이 맞는다.

만약 주위에 갑질하는 사람이 있으면 참고 견디며 일하지 말고 사표 쓰고 딴 곳을 알아보라고 조언하고 싶다. 경비를 하면서 비굴해지지 않았으면 좋겠다. 간혹 심부름 시키는 경우도 있다고 얘기를 들었는데, 주민이 술에 취해 술을 사 오라고 하는 황당한 부탁도 좋은 게 좋은 거라고 들어줬다고 하는데 정당하게 거절을 했어야 한다.

어디 가든지 주민 중에 꼭 성향이 나쁜 사람이 있기 마련인데, 처음부터 대처를 잘해야지 그렇지 못하면 괴롭힘을 당하니 슬기롭게 처세를 당당히 잘해야 한다.

아파트 경비원의 처우 개선방향

무엇보다도 인식 개선이 필요하다. 경비원은 우리의 이웃이기에 이웃을 소중하게 생각하는 인식이 확산되면 좋겠고, 이분들이 관리비로만 보이는 사회적 구조 문제가 있다고 생각하기에 우선은 입주민뿐만 아니라 모두가 함께 일하는 사람으로서 존중하는 의식 확대가 중요하고 경비업법 시행으로 생기는 문제점도 인식 개선을 통해 해결해야 한다.

경비노동자는 우리나라에서 어쩌면 가장 취약한 계층이다. 왜냐하면, 간접 고용으로 되어있고, 계약직이고, 업무시간도 불규칙하다. 가장 구석진 지위에 있는 노동자지만, 경비노동자들이 하는 말은 "나의 마지막 직장이다."이다. 그런데 내가 경비노동자모임을 하는 이유는 후배들을 위해서 한다는 것이다.

후배들이 좀 더 경비라는 직업에 만족하고 자부심을 느끼는 시대, 다시 말해서 얻어맞는 직업이 아닌 떳떳한 사회 구성원으로서 누구든지 경비라는 직업에 관심을 갖고 시작할 수 있는 직업이 되길 바란다.

노동에 대한 존중 노동이 어떤 것을 만들어 내는지 노동이 세상을 만들어간다. 그래서 서로 존중했으면 좋겠다는 생각을 하는데, 지금의 현실이 너무 불경기라 직장 구하기가 힘들어져 많은 사람이 경비원으로 몰리다 보니까 개인적으로 희소가치가 떨어져 우습게 보는 관념이 있다.

결국, 일을 존중하는 사회적 분위기와 경비도 하나의 존경받는 직업으로 자리를 잡아 노인 대접까지는 몰라도 사람대접을 받고 싶다고 항변하는 경비원들. 그저 사람들 속에서 어떤 큰 것보다도 인간 대접을 받고자 하는 우리들의 어쩜 형님이나 아버지 할아버지의 이야기다.

경비원들이 제일 듣기 싫은 소리

은연중에 느낌으로 간혹 듣고 제일 듣기 싫은 소리가 "내가 내는 관리비로 월급을 주는데 어떻게 나에게 섭섭하게 이럴 수가 있느냐?"라는 식의 말을 한다.

그래서 어떤 경비원은 너무 화가 나서 계산하면 한 가구당 경비 지급액이 2천 원 정도 부담이라 "그래요? 당신이 준 2천 원 돌려줄게."라고 얘기한 적도 있다고 한다.

그리고 나니까 바로 관리소장에게 불려가서 사실 확인 경위서를 썼다고 한다. 그러니까 경비원은 억울한 일을 당해도 항변을 못 하는 구조 때문에 증폭되는 문제도 있다.

행신동 쪽의 아파트에서 근무할 때 옆의 초소 경비원은 나에게 하소연한다. 듣자 하니 주민 중에 몽골 여성이 있는데, 분리수거 때 경비원이 좋게 '분리수거는 이렇게 하는 것'이라고 하면 툭하면 "경비원 월급 내가 주는데?"라며 얘기한다. 우리 한국 사람도 그런 심한 이야기는 안

하는데 어디서 들었는지 그게 심한 말인지 모르고 대수롭지 않게 얘기한다고 부글부글 속이 올라와 스트레스 받는다고 한다.

이사를 가는 집은 관심 있게 봐야 한다

보통 이사 가는 경우 더 작은 집으로 옮기는 경우는 모든 것을 줄여야 한다. 미니멀리즘을 실천하기 위해서는 물건 줄이기가 필수다. 그래서 '물건 정리의 원칙'이 있지만, 쉽게 정리가 안 되는 물건도 많아 오랫동안 고민하게 된다.

집안 살림을 줄이는 일 자체를 시작하기도 전에 겁이 나 옷부터 시작해 책, 우산, 주방기구나 그릇, 자질구레한 물건 등 익숙한 것들을 버리기가 쉽지 않다. 살면서 얼마나 많은 물건을 쌓아놓고 살아왔는지 이사를 갈 때는 놀라지 않을 수 없다.

쓸모없는 물건이라고 할 수 없지만, 그렇다고 꼭 필요한 물건들도 아니라 이사를 갈 때는 잘 선택해야 한다. 어떤 물건을 남기고 어떤 것을 버릴지.

외국인들 눈에는 한국의 포장이사 시스템은 정말 놀랍다고 한다. 어떤 외국 사람은 하루 만에 이사를 간다면 못 믿겠다고 하는데 사다리가 고층으로 올라가는 모습은 한국 사람들에게는 익숙한 풍경이나 외국 사람들에게는 놀라운 사실이며, 네덜란드의 경우는 천천히 옮겨 1, 2주에 걸쳐 이사하는 것이 보통이라고 한다.

그래서 빨리 이삿짐을 포장해서 당일로 이사를 끝내는 한국은 그래서 압축성장을 해서 외국인들의 부러움을 산다.

이사 가는 집에서는 정리하거나 필요 없는 것을 버리는 것은 집주인이 아니라 대개 이삿짐센터의 직원들이다. 간혹 그 직원들이 무심코 버리고 가는 물건 중에는 스티커를 붙여야 하는 물건들도 있어 수시로 왔다 갔다 하면서 그냥 놓고 가는 것이 없나 주위를 잘 돌아봐야 한다. 그렇지 않으면 이사를 간 집에 번거롭게 연락을 취하고도 못 받으면 가끔 경비들 주머니에서 대체해야 한다.

이런 경우도 있다

실제 딴 동료가 하는 말인데 밤 12시가 넘은 한밤중에 누가 경적을 막 울려 나가보니까 한 20대 젊은 여성이 차의 옆 유리를 열고 앞의 차를 밀어달라고 부탁하는데 경적을 울려 경비원을 부른 것이다. 참 어이가 없고 황당해서 차를 밀어주면서 느끼는 모멸감이란 말로 이루 다 표현을 못 하는 심경은 어떠했을까 생각해 본다. 그 경비원은 휴게 시간에 토막잠을 자는데 아랑곳없이 곤히 쉬는 사람을, 그것도 와서 공손히 부탁하는 게 아니고 조용한 아파트에 시끄럽게 경적을 울리는 매너는 무엇이며, 듣자니 그 여성에게서 술 냄새가 좀 나더라 하는 이야기를 들었다.

매립장은 못 찾고, 어디서나 주민들은 건립 반대

매주 분리수거를 하는 날이면 주민들이 엄청나게 들고나오는 여러 종류의 생활 쓰레기를 보면 한때나마 애국자가 되어 걱정을 한다. 이 많은 것들을 분리수거 한다지만, 얼마나 재활용할지는 매스컴을 통해서 어느 정도 알지만, 많은 양이 소각되거나 매립지에서 처분한다.

그래서 각 지역 자치단체 간 쓰레기 매립지 갈등이 심화되고 있다. 그래서 주민들이 최대한 쓰레기 배출을 줄이는 수밖에 없고, 정부와 지자체는 시민들의 동참을 이끌어낼 수 있는 인센티브를 마련하고 적극적인 홍보 활동과 묘안을 짜내야 한다. 그렇지 않으면 우리나라가 산처럼 쌓인 쓰레기로 몸살을 앓는 날이 올 것이다.

전국적으로 폐기물이 급증하나 매립지 확충은 지지부진해 폐기물 대란이 우려되고 매립장이 부족하다 보니 다른 지역에서 폐기물을 처리

할 수밖에 없고, 매립장 인근 지역 주민들이 반대하여 난항을 겪는 악순환이 반복되고 있다.

'인류 최대의 발명품'으로 칭송받던 플라스틱이 '인류 최대 골칫거리' 됐다.

약간만 재활용되고 대부분은 매립·소각되거나 바다에 버려져 지구 환경을 더럽히고 있다.

기술을 개발해서 '잘 썩는 플라스틱'을 만들면 된다. 사용 후 그냥 버려도 빠른 일정 기간이 지나면 썩어 자연으로 돌아가는 획기적인 플라스틱이다. 또 하나는 '플라스틱 재활용' 비율을 끌어올릴 수 있는 획기적인 방법을 제도화한다.

전문가는 일회용 플라스틱 규제를 위한 구체적이고 장기적인 로드맵이 우리는 부족한 상황이고, 외국같이 배달 용기를 못 쓰게 하고 포장 제한을 해야 한다.

분리수거를 정확히 알고 분리하여 버리자

얼마 전에 분리수거 날 한 부부가 쓰레기를 들고 우왕좌왕하는 모습을 보고 가까이 가서 "새로 이사 오셨냐?"라고 물으니 그 부부는 "미국 캘리포니아에서 왔는데 거기서는 통째로 버린다."라고 한다. 그분들은 젊어서 미국 이민을 갔다가 자녀들만 남겨두고 나이 들어 고국의 향수병으로 다시 한국에 영구 귀국을 하셨다고 한다.

미국이란 나라는 땅이 넓어서 그런지 통째로 쓰레기를 버린다니 우리로서는 이해가 안 가지만 그 노부부의 말은 그럴 수도 있다고 생각했다.

우리가 버리는 플라스틱 소재만 하더라도 종류가 워낙 다양해 주민들이 직관적으로 분류가 어렵고, 포장에 이물질이 묻거나 라벨이 붙어있어도 그냥 분리수거장에 버리는 사례가 많다.

페트병은 라벨을 붙인 상태로 배출하면 가치가 크게 떨어지고, 플라스틱 용기에 이물질이 그대로 묻어있으면 재활용 자체가 불가능해진다. 라벨을 떼고 이물질을 씻으려면 추가 노동력 인원이 불가피하다.

집에서 배달 음식을 시켜 먹으면 일회용 포장 용기 같은 쓰레기가 발생한다. 여기에 기름이나 음식물 쓰레기 등이 많이 묻어있으면 재활용 쓰레기로 버릴 수 없다. 또한, 중국이 폐기물 수입 규제를 강화하면서 중국 등 외국으로 보내는 폐기물이 급격하게 줄어들었다.

한 스타트업(신생 기업)이 저렴한 비용으로 이런 포장 용기를 모아들여 깨끗하게 씻은 뒤 분리 배출하는 서비스를 선보여 소비자의 초기 반응은 좋았으나 정부와 지방단체가 이 서비스에 제동을 걸고 나서면서 논란이 일고 있다.

참신한 아이디어로 환경에 관한 사업을 하겠다고 했으나 규제에 발이 묶여 어려움을 겪고 있다는 소식에는 불필요한 관련 규제를 뜯어고치려는 관계자들의 노력이 필요하다.

그래서 페트병은 '라벨을 떼서', 플라스틱·비닐류는 '깨끗이 씻어서',

유리·캔류는 '내용물 비워서', 상자류·종이팩은 '깨끗이 접어서' 등을 분리수거 하는 날 크게 써 붙이고 주민들에게는 평상시에도 홍보하여 실천하도록 유도하며 교육을 하는 것이다.

아파트 분리수거장에는 지금도 일반 플라스틱 마대와 투명 페트병 마대가 따로 놓여있는데, 주민들이 잘 지켜주지 않고 급한 마음에 그냥 던져놓고 간다. 페트병 라벨을 잘 떼어내고 발로 밟아 오므려 부피를 줄여주면 재활용하여 고품질로 사용할 수 있고, 쓰레기를 많이 줄여 환경보호에도 큰 도움을 준다.

매일 산처럼 쌓이는 쓰레기 '발등의 불'

국내 하루 평균 쓰레기 배출량이 코로나19 발생 이후 50만t을 넘어섰다(2022.1.10. 신문 기사).

이 양은 상상이 안 가지만 연간 기준으로 15t 덤프트럭으로 1,316만 대를 가득 채우는 양이니 실로 엄청나다.

'집콕' 일상화에 가정에서 배출하는 쓰레기가 늘어나는 이유도 음식 배달과 택배 주문이 늘면서 일회용 플라스틱과 포장재 사용이 늘어났기 때문이다.

갈수록 높아지는 '쓰레기 산'은 우리에게 더 이상 물러설 곳이 없다는 경고이기도 하다.

그런데 업계에 따르면 재활용보다 소각이나 매립하는 비용이 더 싸다고 한다.

해결책은 국내 기업들이 제품 기획 단계부터 재생원료 사용을 고민해야 하고, 가정에서는 재활용품을 더 세밀하게 분류하고, 정부는 재활용품 선별 시스템을 강화하고, 주민들의 분리수거를 받는 마지막 순서인 경비원들의 책임 있는 행동으로 가급적 더 선별을 할 때 주민들도 옆에서 참여하여 잘못되거나 인식 부족, 교육 부족인 경우 지적하게 해 줘야 한다.

이런 경우 경비원이 잔소리를 할 수 없기에 나이 지긋한 주민이 돌아가면서 함께하면 좋을 거란 생각을 해본다.

'폐플라스틱 처리'를 도와준 시멘트 업계

한 예로 전에 미국 CNN의 보도로 국제적 망신을 산 무려 20만t 규모 '의성 쓰레기 산'이 말끔히 사라졌다. 경북 의성군 폐기물처리장에 쌓여있던 불법 방치 폐기물이었는데 환경오염까지 유발하면서 의성군이 골치 아팠던 쓰레기 산 처리의 일등공신은 국내 시멘트 업체였다.

산처럼 쌓인 폐플라스틱·폐타이어 등 합성수지 폐기물을 가져다 시멘트를 제조할 때 이산화탄소 다량 배출되는 유연탄 대신 열 에너지원으로 사용했다.

그래서 배달 음식 수요 폭증으로 늘어난 폐기물을 처리할 돌파구로 아이러니하게 '굴뚝산업이자 오염산업'으로 꼽히는 시멘트 업계가 팔을 걷어붙인 것이다. 한편에선 폐플라스틱이 연소될 때 오염물질이 더 나오지 않을까 하는 의구심도 제기된다. 여러 화학물질로 구성된 플라스틱이 연소되면서 염소와 칼륨 등이 농축된 분진이 다량 방출될 것이란 우려다.

그럼 시멘트 업계는 어떻게 순환자원으로 활용했을까? 복잡한 공정을 통하여 중금속이 포함된 유해물질을 처리한 우리 기술의 자랑이다.

공동주택에 부적합형 인간들이 생각보다 많은 것 같다

많은 사람이 분노조절을 못 해서 분노의 화살을 경비원에게 보내곤 한다. 경비원에게 막말을 하고 갑질을 하는 것은 무조건 근절되어야 한다. 예전에 일어난 사건에 대해서 그때 올바르고 확실한 편견과 사회적 경종을 울렸다면 지금까지 경과의 절반 정도는 줄어들지 않았을까 하는 생각을 하면서 안타깝다는 생각이 들고, 경비노동자들이 겪었던 모욕감으로 인한 절망감에 망연자실한다.

경비노동자들이 갑질을 당했던 아파트는 일종의 지옥 같은 절망의 장소였다. 그래서 그 지옥 같은 일터를 벗어나는 길은 세상을 포기하는 길이라 판단한 것이다. 그것은 모욕감을 넘어선 절체절명의 선택, 그런 관점에서 봐야 하는데 아주 경미한 처벌이나 또 산재의 산 자도 꺼내지 못했던 상황이었고, 그래서 앞으로의 미래를 위해서라도 산재 인정, 살인죄 적용, 현실적 배상의 문제 등 어떤 확실한 결정으로 사회적 경종을 필요하다.

경비업무라는 게 일터에서 업무 중 발생 사람과의 접촉에서 일어난 사건인데 왜 산재 적용이 안 되나? 주민들의 폭언, 폭력 이런 것이 아이러니하게 경비노동자가 감정노동을 하는 사람이냐는 거다. 예전에는 업무상 질병판정위원회에서 부정하였지만, 2014년 압구정 아파트 분신자살사건에서 최초로 경비노동자도 감정노동자이기 때문에 산재 인정 우울증을 통해서 극한에 다다르면 산재에 인정했다.

업무 중 입주민과의 심한 갈등과 스트레스가 누적되어 극단적 형태로 발전 업무 관련성이 있다. 그 전에는 개인의 정신적인 질환으로 치부했는데 직장에서의 괴롭힘, 감정노동, 업무 강도를 주고 심리적 부담을 주고 결국 정신질환까지 이를 수 있다는 것이 최근에 거론되면서 얼마 전부터 인정이 되었다. 판결이 잘못된 게 유서를 남길 정도면 심신미약이 아니다. 그때는 억울했지만 그랬다. 지금의 분위기로는 산재 인정 가능성이 크다.

경비업무 이외의 여러 잡일에 치인다

공동주택 경비원 업무 범위(경비업법 제2조 1호)

경비가 필요한 시설 및 장소에서의 도난·화재 그 밖의 혼잡 등으로 인한 위험 발생을 방지하는 업무로 딴 업무를 못하게 되어있기 때문에 풀 뽑기를 포함해 '공동작업'은 경비원의 업무는 아니나 해주는 것이고, 주차 관리나 청소·민원 해결, 분리수거·택배 등 아파트 전체의 잡무를 다 보는 게 경비원의 현실이다.

경비원은 근로기준법이 정한 근로시간과 휴일 규정을 지키지 않아도 되는 직종이다. 사용자가 고용노동부 장관의 승인을 받아야 한다는 조건이 붙었지만, 승인받는 건 어렵지 않다.

제도와 법이 이럴 수 있는 건 아파트 경비원을 '감시'가 주 업무이고, 정신·육체적 피로가 적은 일을 '단속적'으로 하는 사람으로 보기 때문이다. 최근 15년 이내 들어선 아파트의 80% 이상은 기계 경비시스템을 도입한 것으로 나타났다. 현재 내가 근무하는 아파트는 정문에 시스템이 없어 경비원 인원 감축에 따른 제안사항에 대하여 입주민 투표 시행을 하는데, 감축에 따른 예상 문제점 및 대응 방안을 논의를 하고 있어 조만간 기계 경비시스템을 도입하면 현재 32명의 경비원 중 절반 정도 그만두어야 할 것 같다.

그래서 경비 일자리도 요즘 구하기도 힘들지만 자의 반 타의 반으로 그만두는 경비원을 보는데, 일의 강도가 심하던지 교대자와의 갈등이

나 주변 사람과의 관계가 안 좋아 그만두는 사람도 드물게 있다.

우리 각자가 모두 경비원 체험을 1주일 해보면 느낄 것이다. 이 세상에 좋은 직장은 위로는 상사가 적고 내 밑에 부하가 많은 직장인데, 아파트 경비의 경우 밑에는 전혀 없고 위로는 수백 명의 상사가 있는 경우다. 그래서 구조적인 스트레스를 받을 수밖에 없고, 현재 전국 경비 노동자의 수가 대략 20만 명이나 되니 엄청난 인원이다.

계약 기간도 3개월마다 갱신하는 경우가 많아 고용불안에도 시달리는 형편이다. 그리고 소위 갑질 형태가 근절되어야 하는데, 주먹은 가깝고 법은 멀리 있어 매 맞고 다니는 현대판 노예가 우리 주변에도 있으니 기가 찰 노릇이다.

'과연 이런 일이 있을 수 있나?'라고 생각하겠지만, 이 사회에서 비슷한 일들이 많다.

강자가 지속적으로 약자를 괴롭히는 이런 부분이니까 재판에서 양형법 조항을 정하는 데 있어서 엄한 처벌을 해서 경종을 울릴 필요가 있고, 오죽하면 자살하는 사건이 생기니 이런 사건이 계기가 되어서 다시는 반복되지 않게 강한 제도적 뒷받침과 사회적 인식 개선이 되어야 한다.

흡연자는 꼭 지정된 장소에서 흡연하기와 오토바이 시동 끄기

한번은 초소 안에 있는데 한 남자가 부르더니 같이 간 곳은 화단 한쪽 구석 거기에는 담배꽁초가 여러 개 보이는 사각지대, 우리 경비원 눈에 띄었으면 물론 치웠지만, 눈에 잘 안 띄는 장소라 거기를 깨끗이 하라는 지적이다. 제발 담배를 피우는 사람들은 정해진 장소에서 피우면 경비원이나 미화원이 잘 치울 것이다. 집에서 피우는 담배도 화장실과 베란다를 타고 오는 냄새 때문에 어지러울 지경이라고 경비초소에 와서 주민이 하소연한다.

또 코로나19를 계기로 외출을 자제하고 배달 음식을 이용하는 집들이 늘어나면서 배달문화의 발달은 우리 생활에 편리함을 제공해 주지만, 한편으로는 불안감을 느끼게 하는 양면성을 가진다.

보도에서의 주행, 과속, 곡예 주행, 경적과 덩달아 관련 사고도 늘고 있다. 서로의 안전을 위하여 주문한 음식이 조금 늦게 도착하더라도 '안전'을 주문하고 '안전'을 배달하는 것이다.

그리고 제발 배달은 좋지만, 시동을 끄고 들어갔으면 하는 바람도 있다. 야간에는 대포 소리가 나고 시꺼먼 매연도 보이고 하는데, 시동을 안 끄는 이유도 있다고 하는데 무슨 이유인지는 잘 모르겠다.

또 한밤중에 세탁기를 돌리는 세대가 있어 민원이 들어온 적도 있지만, 이런 것은 옆집에 대한 배려나 상식일 것이다. 또, 코로나19 방역지침 강화로 '집콕족'이 늘면서 층간소음으로 인한 갈등이 폭발 직전에 와

있고, 큰 고통으로 극도의 스트레스를 호소하는 주민들이 있는데 거의 모든 일상을 집에서 해결하면서 크고 작은 소음이 이웃 간 불화로 이어지고 있다. 이것 또한 윗집에 주의를 주지만 이후 돌아오는 것은 주기적으로 무언가로 방바닥을 내리찍는 행위를 하는 소위 '보복 소음'을 하는 사람들도 있다.

경비원과 입주민의 필요한 상식

1. 공동주택관리법에 따라 아파트가 관리되고, 제63조에 관리소의 업무가 규정되어 있다.

   공용부분은 경로당, 관리소, 기전실, 경비실 등 공동주택 공용부분의 유지, 보수 및 안전 관리를 하지만 전용 부분, 즉 가정 내의 시설은 유지, 보수하지 않는다.
2. 공동주택 안의 경비, 청소, 소독, 쓰레기 수거 등 관리한다.
3. 관리비 및 사용료의 징수와 공과금의 납부 대행은 매달 내는 관리비와 전기료, 수도료 등을 관리비 통장으로 한꺼번에 해결
4. 장기수선 충당금의 징수, 적립 및 관리 이 부분도 같이 처리된다.
5. 관리규약으로 정해진 사항

6. 입주자 대표회의에서 의결한 사항을 집행한다고 되어있고, 그밖에 국토교통부 장관으로 정하는 사항

아파트 내에서 발생한 안전사고 및 도난사고 등에 대응조치를 하고, 법에 따른 하자보수 등을 대행한다.

신축 아파트의 경우 하자보수 청구 때문에 관리소에 민원이 많다. 그럴 경우 아파트 소유자가 각각 개인적으로 시행, 시공사에 청구해야 하는데, 그것이 행정상 어려우니까 관리소에서 그 업무를 일괄 대행해 준다.

만약 입주해서 살다가 집 안의 전등이 나가거나 화장실 변기가 막히는 경우 보수해 줘야 하는 의무는 없지만, 단지 입주민이 답답해하거나 어려움이 있을 때는 자문을 구하는 정도의 도움을 받는다. 관리소 업무의 모든 것이 공용부분이라는 전제를 깔고 있기 때문이다.

그런데 우리 주변에 보면 입주민의 소소한 것을 수리해 주는 관리소가 있는데, 이런 것은 서비스 차원이다. 하지 않아도 될 업무이지만 시간이 있고 장비가 있고 기술이 있다면 관리소 직원들이 해주는 것이고, 우선 공용부문의 일을 당연히 우선 먼저 하게 된다.

관리소장의 관련된 업무

....

관리비를 청구하고 수령하고 관리할 의무가 있는 사람은 관리소장이다.

우리 경비원들은 관리소 직원과 소장과 함께 일하지만, 관리소나 소장을 만나는 경우는 드물다. 소장의 업무는 바쁘기도 하지만 관리소의 중간 업무는 경비반장을 통해서 일을 처리한다. 전에 어느 지방에서 입주자 대표회장이 아파트 관리비를 직접 관리하겠다는 것은 규정 위반으로 된다.

소장은 하자 발견 보수청구, 장기수선계획조정 안전관리계획수립, 건축물의 안전관리점검 등의 일을 하며, 관리소의 업무지휘 총괄 국토교통부령으로 정하는 기타업무를 수행한다고 되어있다. 이외에도 입주민에게 손해를 입힐 경우를 대비해 주택관리사의 배상책임을 보증보험 의무가입하게 되어있어 관리소장의 시행한 업무를 나중에라도 확인하고 책임을 묻기 위해서 업무집행에 사용하는 모든 서류에는 시청이나 구청에 신고한 관리소장의 직인만 사용하라고 되어있다.

이 직인 이외에 다른 것을 쓰면 안 되고, 이 도장에는 이름과 자격증 번호가 있어서 책임질 일이 있다면 반드시 책임지게 되어있다. 등록한 도장이 아닌 다른 도장을 사용하면 과태료 처분을 받게 된다. 그리고 관리소장이 되려면 국가에서 시행하는 주택관리사라는 자격을 취득해야 한다. 아파트는 거대한 유람선이고, 선장은 관리소장이다.

이 배의 선주들의 대표는 대표회의라고 하는 이름으로 되어있고, 이 대표회의는 배의 목적지를 정하거나 이 배의 가치를 높이는 데 신경 쓰는 사람들이고 승객들은 입주민인데 이 배는 복도까지는 청소, 시설 보수를 해주지만, 객실의 방은 승객들이 스스로 청소하고 사용 중 망가지는 시설 보수의 비용은 승객 부담이다.

대표회의가 아파트의 편리나 비용에 신경을 쓴다면 관리소장은 안전과 시설의 유지보수 및 수명의 연장 같은 외부적인 일을 하는데, 이 조직이 잘 협력할 때 승객과 입주민들은 재산과 안전이라는 두 마리 토끼를 다 잡을 수 있다.

경비직이 마냥 좋지만은 않은 이유

내가 경비직을 추천하고 싶지 않은 이유는 야간근무 시 생체리듬을 깨트리는 직군이라 직업으로 잘 맞는 분도 있겠지만 추천하기는 그렇다. 돈을 안 벌면 안 되는 상황이기에 일을 하지만 잠시 지나가는 일을 하느라 경비를 잠시 하는 것은 괜찮으나 오랫동안 하면은

1. 몸은 생명, 인간도 생물이기 때문에 어떤 일정한 생체리듬 안에서 활성화된다.

일정한 수면이 인간에게는 필요하다. 야간 순찰을 하다 보면 다음 날 2~3시간은 더 자야 하는데 언제나 몸이 무겁고 피곤하다.

2. 좁은 초소 안에서 오랜 시간 앉아있고 무료할 때는 대개 책 등이 아니고 핸드폰만 쳐다본다.

책보는 사람은 거의 없고 자기 계발하는 사람은 찾아보기 힘들다. 꿈이나 목표를 이야기한다면 황당하고 이상한 이야기로 들릴 줄 몰라도 인생 마지막에 거는 희망 없이 하루 하루 보내는 것이 옆 동료들의 실상이다.

어떤 목적이 있다면 타성에 젖기 쉬운 경비직은 생각해 봐야 한다.

하기야 우리들은 꿈 많은 20대가 아니기에 나이 먹어 얻은 직장이라 성실하게 자기 임무에 충실하고 관리하고 업무를 전문성으로 일하는 분들도 있지만, 경비직은 비생산적인 일이라고 생각하지만 이것저것 다 감수한다면 본인이 판단할 일이다.

공동주택 경비원 근무환경 개선 대책

낮에는 묵묵히 해야 할 일을 하고 밤에는 순번대로 한밤중에 랜턴과 순찰태그를 들고 1시간 단지를 돌고 초소로 들어오면 남은 시간 잠이 안 와 뒤척이다 새벽을 맞고 교대자의 얼굴을 보고 퇴근한다.

보통 경비원들의 이야기를 들어보면 노후대책이 안 돼 자녀들도 힘들게 사는데 자녀에게 기대는 것은 옛날얘기이고, 체력이 남아 그나마 건강해야 할 수 있는 게 경비 일인데 나의 노년도 내가 벌지 못하면 큰일이다. 그래서 경비 일을 계속할 수 있는 것은 우리 주위에 좋은 분들이 더 많아 이 사회가 돌아간다.

그리고 경비원들이 존중받으며 근무할 수 있도록 근무환경 개선대책이라면

1. 갑질 예방(갑질 신고는 갑질 피해 신고센터로 연락)
2. 인식 개선(경비원에 대한 입주민의 인식 개선)
3. 안전하고 안정적 일터(고용관계 및 근무환경 개선)
4. 명확한 업무 기준(업무 범위 명시)
5. 지속 점검(근로 여건에 대한 지도감독)

경비에서 벗어나서 간절히 하고 싶은 일

경비를 하면서 항상 탈피할 생각을 한다. 어찌 보면 나는 투명인간이 되어 건강을 해칠 때까지 아니면 잘릴 때까지는 하고 싶지 않다. 잘리

는 것은 내가 원해서 할 수도 있고, 회사의 사정으로 그만둘 수도 있고 회사에서 그만두라고 통지할 수도 있다.

나의 역량을 발휘할 수 있는 노년의 일 그것을 할 때 보람을 느끼고 살 수 있다.

무릇 경비할 때의 수입에 절반이 되더라도 그것을 택하겠다. 마지막 간절한 희망은 출간한 책들에 의해 약간의 강연료를 받더라도 경비 일을 안 하고 싶다.

너무 무의미하고 나이 많아서 경비한다는 잘못된 생각을 바꿔 내가 하는 일이 많은 사람에게 감동을 주고 희망을 주고 싶은 생각으로 오늘도 이 글을 쓰고 있다. 우리는 잠을 자면 꿈을 꾸지만, 그 꿈은 간절한 마음으로 행동으로 옮길 때 기적 같은 일이 일어난다는 것을 잘 알고 있어 시간이 되면 강연하는 모습을 떠올리며 오늘도 변변치 않으나 연습을 하고 있다.

제4장

경비원들의 사건과 사고의 사례

경비원 막말과 폭언에 분신자살 시도 결국 사망

2014년 7월, 좀 오래된 사건이지만 우리에게 경종을 울리는 사건이라 다뤄본다. 서울 압구정동의 한 아파트에서 일하던 경비원 고 이OO 씨가 입주민의 막말과 폭언 등 비인간적인 대우에 스스로 몸에 불을 붙여 분신하고 3도 화상을 입고 한 달 동안 투병하다 숨진 사건. 유서를 써서 자신의 억울함을 세상에 알리고 극단적인 선택을 했다. 평상시에도 입주민에게 협박에 시달리며 모욕적인 언사를 일삼던 입주민에게 코뼈가 부러질 정도로 폭행당한 후였다.

그리고 평소에도 아파트 5층에서 경비, 경비 불러가지고 유통기간 지난 음식을 "이거 먹어." 하면서 던져주면서 그걸 경비가 안 먹으면 왜 안 먹느냐고 질타가 두려워서 그걸 가져다 초소 안에서 먹기도 하였고, 경비원들에게 말을 함부로 하는 사람이 살고 있는 곳에 배치를 받고 관리소에 딴 곳에 배치를 원했지만, 오히려 딴 곳 배치보다는 사직 권고를 받았다.

매주 일주일에 이틀 동안은 분리수거 작업을 하는데 이 입주민이 꼬챙이 같은 걸 갖고 다니면서 일일이 확인을 했다. 예를 들어 플라스틱만 모으는 데에 다른 이물질이 들어가 있으면 경비를 불러서 막 모욕적인 얘기를 해가면서 "왜 분리수거를 이 모양으로 하냐."라고 했다. 그러니까 성격이 유별난 사람이고, 손가락질을 하면서 "경비, 너는 뭐하고 있길래 이런 것도 못 하느냐?"라면서 자존심이 상하게끔, 언성을 높여가면서 그렇게 질타를 했는데 그렇게 심한 사람이 몇 명 더 있었다고 한다.

이런 기사를 접할 때마다 멘붕 상태가 되고 자괴감을 느끼는데, 우리 주변에 찾아보면 경비하는 분들이 많이 있어 남의 일같이 보이지 않는다.

✎ 유서의 내용

여보! 날 찾지 마요. 먼저 세상을 떠나요. 아들들 미안.

여보! 이 세상 당신만을 사랑해.

✎ 가족과 입주민에게 2통의 유서 일부 내용

"주민께 용서를 빕니다. 아무 잘못도 없이 폭력을 당하고 보니 머리가 아파 도저히 살 수가 없어 이런 결정을 하게 되었습니다.

차후 경비가 이런 언어폭력과 구타를 당하지 않게 해주세요.

내 머리가 터지기 전에 먼저 저리 가고 싶구나. 마지막 엄마 잘 모시고 잘살기 바란다."

아파트 주차증 붙이는 문제로 몸싸움으로 결국 경비원 사망

2015년 5월 경기도 안양의 한 아파트에서 주차증을 차에 붙이는 문제로 주민과 경비원과의 시비가 벌어졌는데, 몸싸움으로 밀고 당기고 하면서 폭행당한 경비원이 결국 뇌출혈로 숨지는 사건이 일어났다.

CCTV 확인 결과 주민이 경비원을 향해 주먹질을 계속하고, 경비원은 보이지 않고 주민만 보이다가 경찰차와 구급차가 현장에 도착해 의식을 잃은 경비원은 수술을 받았지만 결국 숨졌다. 사인은 외상성 뇌출혈이었다.

원인은 주민 차에 주차 스티커를 붙이지 않은 문제를 두고 다투었던 것으로 확인되었다.

경비원들 주민들에게 90도 인사는 어색하다

2015년 11월, 부산의 한 아파트에서는 출근길에 경비원이 90도로 인사를 하는 기사가 올라왔는데 본인 스스로 한다면 큰 문제가 없지만 강요에 의한 모습이라면 이것 또한 문제가 될 소지가 많은 것은 사실이다. 그렇지 않아도 갑질이라는 용어가 요즘 사회에 등장해서 걱정 많은 경비원들 인권 사각지대에 놓여있는데, 물론 주민들과 친해서 스스로 인사를 하지만, 격식을 차린 90도는 왠지 조폭 세계에서 보았던 기억을 떠올리게 된다.

인사를 해도 자연스럽게 목례 정도는 괜찮지 않을까 그렇게 개인적으로 생각한다.

한 경비원은 주민과 관리소장이 아파트 안에 있는 감나무에서 감을 따라고 해서 감을 따다가 높은 곳에서 떨어져 바로 병원으로 옮겨졌으나 척추 손상을 입었는데, 산재가 안 되고 병원에 입원해 있다가 비관하여 자살한 사건도 있다. 또 기가 막힌 것은 2015년 70대 경비원은 주민이 강아지를 때리고 있어 말렸더니 프라이팬으로 경비원의 머리를 마구 내리쳐서 사망에 이르게 했다.

2018년 4월에는 경기도 김포시 한 아파트에서 매주 있는 분리수거 하는 날 경비원이 "폐비닐은 종량제 봉투에 담아 버리세요." 했다가 주민에게 무차별 폭행을 당하고, 또 같은 해 9월에는 경기도 수원시 장안구 한 상가 안에서 순찰 돌던 경비원이 새벽에 술 취한 10대들에게 '나가달라' 요구했다가 중상을 입는 폭행을 당해 병원에 이송되었다.

경비원에게 담배, 막걸리 심부름시켜

2021년 2월 서울 노원 경찰서에서는 노원구의 한 아파트 경비원 3명을 때려 다치게 한(폭행, 특수상해) 혐의로 60대 아파트 입주민 A 씨에게 구속영장을 신청했다. 이 남성은 2020년에도 경비원 2명을 폭행한 것으로 드러났다.

A 씨는 경비원을 몽둥이로 폭행도 하고, 온갖 갑질을 일삼았다. 가해 주민은 오래전부터 경비원에게 반말은 물론 담배 심부름까지 시키는 등 횡포를 일삼았다.

A 씨는 술에 취해 당시 근무하던 경비원을 새벽 2시쯤 자신의 집으로 불러 준비해 둔 나무 몽둥이를 휘둘러 머리와 어깨를 때려 경비원이 도망가자 엘리베이터까지 따라가 얼굴까지 때려 전치 3주의 상처를 입혔다. 이 사건을 들춰 보니 이 남성이 주기적으로 경비원을 폭행한 것이 드러났고, 반말은 예사고 담배 심부름까지 시켰다는 게 이해가 안 된다.

막걸리도 사 오라고 했는데, 심부름하는 것도 이해가 안 되지만, 본인이 마셔오던 막걸리가 아니라는 이유로 폭행하고, 또 자신의 손자 사진을 보여주면서 제대로 안 본다고 경비원을 폭행하는 황당한 짓을 저질렀다. 이 입주민에게 여러 경비원이 피해를 보기에 정신과 치료를 받아야 할 만큼 병세가 위중하다고 생각할 수 있다. 아니면 화풀이나 오만한 성격에서 나오는 갑질이다.

술만 마시면 경비 휴게실에 와서 식사 중인 밥상을 뒤엎기도 했다니

꼭 정신과 치료가 필요한 사람이다.

경찰에 가서는 오히려 가해 주민이 맞았다고 적반하장으로 태연하게 거짓말을 하고, 피해자인 경비원의 선처로 마무리되곤 하였다.

경찰도 이 남성을 폭행과 특수상해 혐의로 범죄마다 공소시효가 있어 그 전부터 그랬다면 따져봐야 하고, 여러 번 신고가 되었어도 또 고소가 취하되고 경비원도 문제가 되면 그곳에서 일을 못 하는 상황이 되기 때문에 참고 일을 한다. 경비원들을 보호해 줄 수 있는 그런 법과 시스템이 있어야 하는데 정부 차원에서나 아파트 자체에서 대책을 세워야 한다.

그래도 정이 많은 주민이 있어 평상시에도 잘 해주시고, 명절 때에는 정성스럽게 선물을 준비해 주기 때문에 정말 극소수의 주민이 이상한 행동을 하는 것이다.

경비원도 우리 이웃집 아저씨

'머슴 주제에', '경비 따위가' 어떻게 이런 폭언을 할 수 있을까? 나도 경비원이지만 그런 소리나 비슷한 소리를 어디서 그렇게 하는지 궁금하고, 그렇게 생각하고 얘기하는 사람이 있는지 또 실제로 있을까 하는 의구심이 든다. 앞선 사례와 비슷한 사건이지만 입주민이 경비원을 지속적으로 힘들게 했고 폭행을 하여 상해까지 일어났고, 경비원이 유서를 남기고 자살을 선택하는 그런 불행한 일도 있었다. 당시 입주민이 1층에 거주하고 있었고, 그 1층 앞에 놀이터가 가깝게 있어 아이들이 뛰어노니까 그 소리가 시끄러워서 계속 마찰이 일어나는 그런 상황이었다. 다른 입주민들하고도 마찰이 일어나고 그 상황에서 경비원에게 왜 아이들을 조용히 시키지 않았냐고 따졌고, 그게 경비원이 하는 일이 아니고 당연히 아이들이 1층 놀이터에서 노는 게 상식적인데 그 화풀이를 전부 경비원에게 했다.

그 사건에서도 경비원을 이 입주민은 자기는 주인이고 경비원은 종이라고 생각하면서 폭행을 했는데, 이유는 동네 아이들이 놀이터에서 시끄럽게 하는데도 경비원이 이를 제지하지 않는다는 것이었다. 이러한 이유로 욕설을 하며 손으로 경비원 가슴을 치고 멱살을 잡고 정문 경비실로 끌고 갔다. 뒤처리도 굉장히 안 좋았다.

경비원이 피해를 입었다고 고소를 하니까 가해자도 본인도 피해를 입었다고 맞고소를 하였다. 가해자를 유족들이 폭행과 상해로 고소를 해서 그게 다 유죄로 인정됐고, 경비원이 사망까지 이르게 한 그런 전황이 고려되어서 죽음을 산재로 인정해달라고 소송을 했고 그 사건은 대법원까지 갔는데 당시 자살의 많은 유서를 남긴 것으로 봐서 유서를 작성한 데 있어서 정신적인 인지능력이 정상적이어서 심신미약이 아니라며 산재로 인정이 안 되었다.

돌이켜보면 1층 놀이터에서 아이들이 놀면 물론 시끄럽지만, 내 자식이 거기서 놀 수도 있다. 그 놀이터에서는 우리 아파트 주민들의 자식이 놀고 있는데 그걸 가지고 경비원에게 뭐라고 탓하면 안 된다. 어찌 보면 이것은 자살이 아니고 타살이다. 우리 사회가 책임을 져야 한다. 그래서 사회적 타살이라고 봐야 한다.

경비원이 층간소음 해결 못 한다고 폭행과 살해

층간소음을 해결하지 못한다고 70대 경비원을 마구 때려 숨지게 만든 40대 남성이 법원에서 18년형이 선고되었는데, 과연 합당한 판결인지 모르겠다. 주먹은 가깝고 법은 멀다는 말이 생각난다.

사고 발단은 2018년 10월 서울 서대문구 한 아파트에서 가해자인 입주민인 40대 남성이 층간소음 문제로 불만을 품고 경비실에서 주먹과 발길질 날리고 결국 사망에 이르게 했는데, 재판부는 범행수법이 잔혹하고 피해자가 고령에 사회적 약자였다는 점에서 비난 가능성이 크다고 밝혔다.

CCTV 확인 결과 상해 고의성이 인정되는 행동을 한 것으로, 피해자의 목을 발로 걷어차고 체중을 실어 피해자의 머리 부분을 열다섯 차례 폭행한 사실을 밝혀냈다. 재판 때마다 빠짐없이 참석한 피해자의 아들 두 명은 아버지의 갑작스러운 죽음에 마음의 상처가 크다면서 착잡한 심경을 내비쳤다.

합당한 형벌이라는 것들도 딴 사례를 통해 결국 주관적인 결정을 내리는 건데 안타까운 사건이라고 생각한다.

경비원 폭행 입주민들 엄벌로 경찰에 진정

2019년 5월 경기도 김포에 있는 한 아파트 출입구에서 한 입주민이 경비원을 폭행했다.

아파트로 들어가는 등록되지 않은 지인의 차량을 막았다고 입주민(중국 국적) A씨가 경비원 2명을 때리고 난동을 부렸는데 김포 경찰서는 상해, 폭행, 업무방해, 재물손괴 혐의로 A 씨에게 사전 구속영장을 신청했다.

A 씨는 늦은 시간 아파트 입주민 전용 출입구에서 2명의 경비원을 폭행하고, 의자로 경비실 창문을 내려치는 등 난동을 부린 혐의를 받고 있다. 경비원들은 갈비뼈와 코뼈가 부러지는 등 크게 다쳐 치료를 받았고, 당시 이 아파트 입주민들은 주민 4천여 명의 서명을 받아 엄벌해 달라는 내용의 진정서를 경찰에 제출했다.

경비원은 우리의 공간을 지키는 이웃이자 동등한 인격체로 대해야 삶의 질이 높아지지 않나 이렇게 생각한다.

2020년 5월 서울 강북의 최OO 경비원 자살사건

서울 우이동의 한 아파트에서 경비원이 자살을 했는데 그 발단은 주차 정리이었다. 그 갑질한 가해자 차량이 이중주차가 되어있다 보니까 최 경비원이 주차공간을 확보하기 위하여 가해자 차량을 조금 밀고 있었는데 이것이 사건의 발단이 되었다. 가해자가 "왜 내 차를 미냐? 왜 함부로 내 차에 손을 대냐?"라며 시비가 붙었는데, 그 정도 선이었다면 다행이었을텐데, 또 가해자가 관리소장한테까지 데리고 가(끌고 간다는 표현이 맞을듯하다.) 그만둬라, 사표 써라 강요하고, 그런데 여기서도 또 선을 좀 넘어서 코뼈가 부러질 정도로 폭행을 했다.

심 씨는 최 씨가 폭행 피해 사실을 경찰에 신고하자 최 씨를 초소 화장실에 감금하고 10여 분간 구타하고 지속적으로 협박하며 사직을 종용하는 등 보복폭행과 상해 협박 등 모두 7개 혐의로 기소되어 재판을 받아왔다. 가해자 심 씨 죄질이 몹시 좋지 않아 엄한 처벌이 필요하고 유족으로부터도 용서받지 못할 행동이기에 권고 형량보다 무겁게 선고

한다고 밝혔다.

그래서 이 사실을 알고 처음에 주민들이 긴급 대책회의를 열었지만 안타깝게도 한발 늦어 집에서 극단적인 선택을 하고 말았다.

이 가해자의 행동이 너무 상식선에서 많이 벗어났고, 이것은 뭔가 주민들이 사죄와 반성의 모습을 보여야 하고 이에 대한 근절 대책도 마련해야 한다는 차원에서 회의를 열었는데, 안타까운 심정으로 마지막 가는 길은 주민들이 자리를 지켰다. 같은 입주민으로서 가해자가 고인이나 가족에게 제대로 된 사과를 못 받고 가시는 게 너무 슬프고 화가 난다며 다시는 이런 일이 없어야 한다고 분통을 터트렸다.

주민 대표가 낭독한 말은 "다시 사는 세상에서는 부디 꽃길만 걸으셔서 우리는 당신을 기억하며 당신이 꿈꾸던 착한 세상을 가꿔 가겠습니다."였다.

아파트 경비원에게 지속적인 사과문 요구의 갑질 형태

서울 강남구 청담동의 한 아파트에서 갑질 논란이 있어 경비원에게 여러 차례에 걸쳐 반성문을 요구해 파문이 일었다. 입주민과 불화가 시작된 것은 이사 오기 하루 전날 입주민이 도배업자하고 다툼이 일어났다. 그런데 입주민은 "경비원이 말이야, 이런 것도 하나 못 쫓아내고 말이야. 무슨 경비를 하느냐?"라고 고함을 친다.

그래도 입주민이니까 그 경비원이 "제가 잘못했습니다. 다음부터는 이런 일이 없도록 하겠습니다." 하고 끝났다. 상식적으로 경비원과 무관한 일인데 너무 화를 내니까 경비원은 무조건 주민이니까 '죄송합니다. 다음에는 이런 일이 없도록 하겠습니다.' 하고 끝났는데 그 후 6개월이 지난 후에 "6개월 동안 그 잘못에 대해서 잘 생각해 보았느냐? 그때 일에 대해서 다시 사과문을 써라. 6개월 동안 시간이 지났으니까 자기는 사과문을 받아야겠다."라고 요구했다.

그래서 사과문을 하나 써 주었는데 이런저런 꼬투리를 잡으면서 다시 써 달라고 요구한다. 그 순간에 '이걸 어떻게 처리해야 하나?' 고민을 많이 했다고 한다. 이 일을 계속하려면 사과문을 쓸 수밖에 없었고, 입주민인 사모님이 원하니까 눈 딱 감고 써 주었다.

경비원은 주민들하고 충돌이 생기면 계속 일하기가 힘들어지니까 주민들의 요구에 응해주는데 어떤 주민은 마주쳐야 인사를 하는데 저쪽으로 지나가는데도 인사를 안 한다고 사무실에 전화해서 이 경비 못쓰겠다는 등 행패를 부리고, 앞에 놀이터가 있는데 새벽 2시쯤에도 인터폰을 해서 놀이터의 어린이들 다 쫓으라고 이야기하는 것도 다 괴롭히는 것이다. 하지만 경비원들은 사람을 무시하고 갖은 모욕을 다 듣고도 꾹 참는 것이다.

그런 입주민은 내가 내는 관리비에서 봉급을 받으니까 인격체로 보는 게 아니라 하인이나 머슴으로 본다.

경비 조끼를 안 입었다고 무차별 폭행

2018년 11월 대구의 한 빌라단지에서 입주민 대표가 경비원에게 근무자용 조끼를 안 입었다고 마구 폭행하는 일이 벌어졌다. 주차장에서 70대 경비원과 남성 한 명이 승강이를 벌이다 멱살을 잡고 강하게 흔들고, 뒤에서 목덜미를 움켜잡고 몸을 밀치면서 욕설도 마구 해댄다. 경비원을 폭행하는 이 남성은 A단지의 입주민 대표로, 휴게 시간에 쉬고 있는 경비원을 찾아와 근무자용 조끼를 입지 않았다며 행패를 부렸다.

봉변당한 경비원은 응급실 치료까지 받았다. 여기서는 경비업무뿐만 아니라 개인의 일도 해달라고 하면 모든 것을 다해주었다.

그 주민 대표를 폭행과 근로기준법 위반 혐의로 조사하고 있는데, 또 서울의 한 아파트에서 70대의 경비원이 만취한 주민에게 맞아서 뇌사에 빠졌고, 대구 수성구에서는 입주민이 빗자루로 경비원을 폭행하는 사건도 있었다. 일하는 경비원은 근무 조끼를 입는 게 아니라 방탄조끼를 입어야 할 것 같다.

차단기를 늦게 열었다고 경비원에게 주먹부터 날아왔다.

2019년 2월 서울 강남 삼성동의 국내에서 제일 비싼 한 아파트의 입주민이 경비원에게 욕설을 퍼붓고 손찌검까지 하는 난동을 피우며 갑질을 했다. 알고 보니 입주자 A 씨는 오토바이를 타고 귀가하다 아파트 입구 차단기가 늦게 열렸다는 이유로 다짜고짜 경비실로 들어가 담당 경비원을 주먹으로 마구 때리는 폭행을 했다.

이 사람은 어머니가 아파트 관리용역 계약을 하는 입주자 대표회의 총무이사의 아들로 밝혀졌는데, 해당 아파트는 자동화 시스템에 따라 차량 번호판을 인식한 뒤 정문 입구 차단기가 열리게 되어있지만, 가해 입주민의 경우는 "내가 지나가면 미리 알아보고 차단기를 열어라." 하면서 특별 대우를 강요했는데, 지켜지지 않았다는 게 폭행 이유였다.

공교롭게도 가해자나 피해자 모두 만 43살로 동갑내기였다.

결국, 폭행을 당한 경비원은 주먹으로 얼굴을 맞고 무릎으로 아랫도리를 가격당해 상처 부위의 치료와 정신과 치료를 받았다. 가해자와 엄마 모두 각각 A, B 아파트 분양대행사 회사 대표로 있는 것으로 밝혀졌는데, 돈이 많다고 죄 없는 사람을 무조건 폭행을 해도 되는 것인지, 유전무죄 무전유죄인지 씁쓸한 사건이다.

주차 경고 스티커로 인한 입주민의 어처구니 없는 행동

2020년 11월 경기도 안산에서 아파트 경비원이 차량에 주차 경고 스티커를 붙였다는 이유로 폭언과 갑질이 시작됐는데, 한 입주민이 아파트 지하주차장 입구를 자신의 차로 가로막고 다른 주민 차량은 이 차를 피해서 지나간다. 그리고 입주민이 지인 차량 여러 대를 더 불러 아예 주차장 입구를 막더니 경비원들에게 험한 말을 한다.

입주민이 출입구를 막아버리자 경비원 신고로 출동한 경찰이 계속 이러면 업무방해가 될 수 있다고 경고하니까 1시간 만에 차를 뺐다. 원인은 주차 문제, 반복적으로 보행자 통로에 차를 대 주민들의 민원이 심해져 경비원이 경고 스티커를 붙이자 입주민이 갑질로 응수한 것이다.

경비원은 민원이 들어왔는데 확인해 보니 유모차 하나도 못 지나갈 공간으로 주차되어 있고, 입주민이 무릎을 꿇으라고까지 무리한 요구를 했다고 한다. 물론 어디를 가나 주차 문제로 모두가 신경이 곤두세워져 있지만 이러한 것은 아니란 생각이 든다. 오히려 그 입주민은 경비원이 먼저 욕을 해서 자신이 열 받아서 그랬다고 하는데, 갑질을 당한 경비원은 모두 4명 퇴사를 고민하고 있었다.

아파트의 경우 거의 예전에 지은 지하주차장은 지하 1층으로, 요즘엔 지하 2층으로 되어있는데, 멀리 내다보고 1층씩 더 지었다면 주차난은 많이 해소되었을 것이라는 생각이 든다.

엉뚱하게도 지인 차량을 막았다고 손찌검

2021년 1월 늦은 밤 경기도 김포의 한 아파트 입주민이 경비원을 무차별 폭행한 사건은 주민인 A 씨가 지인 운전하는 차에 본인이 타고 집으로 들어가는 상황에서 등록 차량이 아니니까 차단기가 안 올라갔다. 방문 차량은 옆으로 들어가서 서는 곳이 있는데, 입주자 게이트로 들어오면 센서가 작동을 안 해 경비원이 수동 스위치로 올려야 한다.

그래서 경비원이 다시 나와서 방문 차량 쪽으로 차량을 이동해 달라고 하니까 왜 내 집에 내가 못 들어가냐 하면서 주먹이 날아오고 실랑이가 붙어 덩치 좋은 A 씨가 경비원 한 명의 코뼈 세 군데를 부러트리고, 또 한 명은 갈비뼈가 여러 군데 부러지는 큰 사건이 일어났다.

본인의 감정을 추스르지 못해서 다른 사람한테 폭력을 행사하고, 어르신에게 욕설까지 한 상황에서 판단할 수 없는 인지능력이 없는 사람같이 행동했다.

침을 뱉으면서 의자로 경비실 문을 내리쳤다. 아파트 카페에 댓글이 달리면서 강력한 처벌도 처벌이지만 아파트 입주민 차원에서 경비분께 너무 죄송하니까 조그마한 위로금이라도 된다면 모금을 해서 마음을 전달하고 싶다는 글도 올라왔고, 입주민들이 강력한 처벌에 대한 진정서와 탄원서도 경찰에 제출하여 경찰에서는 폭행 정도를 심사한다고 했다.

코뼈가 부러진 경비원은 수술을 앞두고 있어 단순 폭행이 아니고 높은 부분의 상해가 적용되었다.

근로복지공단에서 산재 승인을 받은 첫 사례

··

주민의 경비원 폭행 갑질 사건이 끊이질 않아 정신적 피해가 산업재 해로 인정된 사례도 있다. 이런 일이 잊을 만하면 반복되기 때문에 법 의 테두리로 보호해 주는 게 시급한데, 의미 있는 첫 인정 사례가 나왔 다. 2021년 1월, 경기도 군포시의 한 사건에서 업무 중 겪은 폭행과 폭 언으로 스트레스 높아졌고, 외상 후 스트레스 장애가 생긴 원인이 된 다고 '정신적 산재'를 신청한 지 3개월 만에 근로복지공단에서 '산재 인 정된다'는 판정을 내렸다.

그렇지만 사건 이후 지병이 악화하여 중환자실로 옮겨져 앞날을 약 속할 수 없다.

군포시의 한 아파트에서 통행에 방해하는 차가 있었는데 주차금지 스티커를 앞 유리에 붙였더니 입주민의 차 주인(유치원 원장)이 와서 "붙 인 사람 누구냐?" 하면서 폭언과 폭행을 했다. 이때의 일로 그 경비원 은 모욕감을 느꼈다. 느끼는 사람이나 말의 정도에 따라서 다르게 느낄 수 있는데, 그 경비원은 트라우마로 결국 일을 그만두고 정신과 치료를 계속 받았다. 담당 의사는 이 일로 인해서 경비원에게 두통과 불면증, 기억력 감퇴 등이 심각하게 반복되고 있어서 외상성 신경증이라고 소 견을 냈는데, 이 질환이 근로복지공단에서 산재 승인을 받은 것이다.

병원비와 일하지 못한 기간의 평균임금 70%를 받게 되었고, 경비노 동자의 입주민에 대한 갑질도 직장 내 괴롭힘으로 간주해야 한다는 목소리도 높아지고 있다.

이 부분에 대해 국가인권위원회에서 계속해서 적용을 해야 한다고 촉구를 해서 공동주택관리법 시행령이 개정돼서 아파트 단지마다 있는 관리규약에 경비원에 대한 괴롭힘 이 부분을 금지조항으로 반드시 의무적으로 규정하도록 법이 개정되어있다. 딱 하나 문제점은 과태료 처벌 규정밖에 없기 때문에 실효성이 미비하지 않은가 하는 지적도 있다.

난동을 부리는 동대표와 요란한 관리소장

경비원에게 사적인 일을 시키고 관리소 직원을 폭행하고 구속되었던 동대표가 병보석으로 풀려나자 이번에는 자신을 고소한 사람에게 도움을 준 사람을 폭행해서 경찰이 수사에 나섰다. 2021년 3월 관리소를 지나던 65살 조 모 씨를 한 주민이 때려 생긴 상처가 있고, 계속 피하다가 박치기로 박아서 앞에 이가 흔들리고, 옆에는 손자국이 손톱으로 싹 긁어나서 상처가 났는데, 또 다른 주민도 맞았다.

이들을 때린 건 김 모 씨, 동대표를 하면서 경비원에게 이삿짐을 옮기게 하는 등 사적인 일을 시키고, 관리소 직원을 폭행하며 구속되었었다. 수감 중이던 김 씨는 병보석으로 잠시 풀려난 상태였는데, 피해자들은 고소를 도왔다고 보복폭행 전에도 협박을 당했다고 한다.

어떤 관리소장은 신입 경비원이 들어오면 추우나 더우나 아침 일찍부터 데리고 다니면서 입주민들에게 인사를 시켰다. 주민들도 민망하다고 반대하는데 그 소장은 자신의 공약이라며 요지부동, 이런 소장하고 일하는 직원들은 그야말로 상상이 된다.

입주자 대표의 관리소장 살해사건

2020년 11월 인천 서구에 있는 한 아파트 관리소장이 입주자 대표에게 갑질을 당한 데 이어 목숨까지 잃는 사건이 있었는데, 관리비 통장 운영을 두고 서로 갈등하다 입주자 대표가 관리소장을 신뢰하지 못하고 믿지 못하겠다면서 아파트 관리비 통장을 며칠 사이 다섯 번이나 바꿨다고도 하는데 결국 여성 관리소장은 입주자 대표 손에 흉기로 끔찍하게 목숨을 잃었다.

빌딩 관리소장이 입주 상인을 살해사건

70대 빌딩 관리소장이 40대 입주 상인을 흉기로 찔러 살해하는 사건도 있었다.

2022년 3월 경기도 안산의 한 작은 빌딩에서 피해자가 본인 차량에 흠집이 났으니 주차장 CCTV를 보여달라고 했는데, 관리소장이 개인정보라고 안 된다며 요청을 거부해 말다툼을 벌였다고 한다. 이에 앙심을 품은 관리소장이 다음 날 출근하는 상인에게 범행을 저질렀다.

주차위반 스티커 붙였다고 재물손괴죄에 해당하나?

2021년 5월, 경남 양산 아파트에서 경비원들이 입주민을 경찰에 신고했다. 폭행을 당하고 욕설에 시달렸다는 것이다. 경비원들은 주차위반 스티커를 붙였다가 이런 일을 당했다고 한다.

하지만 해당 입주민은 폭행과 욕설은 안 했다고 반박하고 있다.

입주민 A 씨가 경비실을 찾아와서 차량에 주차위반 스티커를 붙였다고 항의하러 왔다.

"누가 스티커를 붙이라고 했느냐? 항의하러 왔다. 데리고 와라!"

경비원들은 정당한 업무라고 해명하니까 주먹이 날아왔다고 한다. 처음에는 때린 것은 미안한데 스티커나 떼라고 말한다. 경비원이 때린 것에 대해서 정중하게 사과 부탁드린다고 하니까 갑자기 말을 바꿔 "내가 언제 때렸냐?"

경비원들은 사과를 요구한 뒤에도 계속해서 행패를 부렸고, 결국 경찰에 신고했다.

A 씨는 스티커가 안 떼어진다고 재물손괴죄로 고소했다. 이것 역시도 경비원들에게는 어마어마한 스트레스다. 또, A 씨는 스티커를 떼라고 항의했지만, 경비원을 때리거나 욕하지 않았다고 하면서 잘 안 떼어지는 스티커가 문제라고 했다. 결국, 경찰은 A 씨를 폭행과 모욕죄로 불러 조사를 했고, 또 스티커가 떼어지지 않는다고 재물손괴죄는 성립하지 않는다고 반려했다.

경비원 혼자서 감당하는 500여 세대

2021년 3월, 서울 노원구 중계동의 한 임대아파트 총 2,600여 세대의 경비원들은 한 명당 2동의 580여 세대를 관리한다. 나도 현재도 경비원으로 근무하고 있지만, 이것은 분리수거 하는 날은 하루 종일 뛰어도 정말 엄청난 살인적인 일의 분량이다.

또 378세대가 입주해 있는 노원구 하계동의 임대아파트 역시 일반분양아파트보다 세대수가 많지만, 경비원이 더 부족한 이유는 관리비가 그만큼 더 적기 때문이다. 그러다 보니 미화원도 적고, 관리소 직원도 마찬가지일 거다.

나의 경험으로는 혼자서 약 280세대까지는 해본 적이 있지만, 혼자서 300세대 이상을 감당하는 것은 불가능에 가깝다. 왜냐하면, 1주일마다 하는 분리수거의 경우 혼자서 그 많은 양의 분리수거는 인간의 한계를 뛰어넘는 슈퍼맨이 할 수 있는 양이 나온다. 물론 동 주변의 청소나 음식물 통 관리도 어렵지만, 그런대로 할 수는 있다.

주민들이 서비스를 더 원해서 증원하겠다고 했을 때는 과반수가 나와야 검토를 하는 입장이다. 경비원은 고령에 어렵게 구한 직장을 잃을까 봐 부당함이 있어도 참는다는 것이다. 현재의 임대아파트 경비원 부족 문제는 입주민들과 당사자의 문제로만 남겨져 악순환으로 이어지고 있다.

경비원에게 돈을 빌리고 안 갚고 괴롭힌 입주민

2021년 9월, 강원도 춘천의 한 아파트에서 입주민이 경비원 A 씨의 약점을 잡아 욕설을 하고 돈을 갈취했다. 이 입주민은 1년 동안이나 경비원을 괴롭혀왔다.

원인은 동료와 저녁을 먹고 반주를 마신 게 화근이었다. 입주민 B 씨가 이를 목격하고 경비원은 잘못을 인정하고 관리소에 경위서를 제출했다. 그런데 그 입주민은 해고시키겠다고 끈질기게 협박했다. 돈 300만 원 가져오고 1년 동안 술을 먹지 않으면 그 돈을 돌려주겠다고 약속했다.

A 씨는 대출받아 건네주고 차용증까지 받았지만, 그 이후에도 B 씨는 자주 찾아와 일을 못 하면 그만두라며 괴롭히고, 술에 취해 욕설도 했다. 1년 동안 극심한 스트레스에 시달리고 차용증을 잃어버렸다는 이유로 돈을 돌려받지 못했다.

곰팡이 가득한 선물세트 받은 아파트 경비원

2021년 9월의 일이다. 추석 명절에도 묵묵히 자리를 지키고 있는 경비원이 선물세트를 받았다. 얼핏 들으면 훈훈한 이야기 같은데 알고 보니 유통기간이 한참 지난, 곰팡이 많이 보이고 상한 음식이 든 선물세트라 누리꾼들 사이에서 공분을 샀다.

명절 즈음에는 쓰레기가 평소보다 엄청 나오고 분리수거에 굉장히 어려움을 겪는 게 사실이다. 그런데 입주민이 명절이라고 경비원에게 준 선물세트가 논란이다. 낡은 상자를 열자 곰팡이가 보이고 나쁜 냄새가 코를 찌르고, 유통기간이 무려 4년이나 지난 물건이었다.

경비원 자녀는 이 같은 사실을 온라인 커뮤니티에 올리고 내용물도 모르고 받으면서 고맙다고 인사를 했을 아버지 생각에 화가 난다고 분통을 터트렸다.

누리꾼들도 "본인이 못 먹는 것을 왜 남에게 주나?", "못 먹을 거면 버려야지 대체 왜 그러는 거냐?" 등의 반응이 잇달아 올랐다.

선물이란 매우 조심해서 못난 거는 내가 먹고 좋은 것은 감사의 마음을 전하는 것이라고 배웠고 그렇게 해야 한다.

선물은 주는 사람이나 받는 사람의 정성의 마음이 전달되어야 하는데, 그렇지 못했던 현실이 씁쓸하다.

입주민의 심한 폭행으로 결국 뇌사로 빠졌던 경비원 결국

2018년 10월 서울 서대문구 홍제동 한 아파트에서 40대 주민이 다짜 고짜 무자비로 70대 경비원(B 씨)을 폭행하여 뇌사로 빠트리고 결국 그 경비원은 숨지는 사건이 일어났다.

주민 A 씨는 평소 술을 먹으면 주사가 있었는데, 그날 새벽 1시경 애 꿎은 경비원을 무차별 폭행하여 경찰이 왔을 때 새벽 3시쯤 의식불명 상태의 B 씨를 발견하고 병원으로 이동하고, 새벽 6시쯤 집에서 자고 있던 A 씨를 체포했다.

경비원 B 씨는 뇌출혈 등으로 결과가 매우 좋지 않아서 의식을 되찾 기 어려울 수 있다는 의료진의 소견을 받았다. 뇌사 상태로 빠져서 회 복되기 힘들다. 비관적이지만 나아지기 어렵다고 한다. 주민의 증언에 의하면 경비원이 살려달라고 계속 호소를 했는데도 불구하고 반복적 인 폭행을 했다고 한다. 일반적인 뇌출혈이 아니고 다발성 뇌출혈이라 서 혈관들이 다 터져버렸다고 병원에서 비관적으로 얘기를 하는 것은 뇌 자체가 망가졌기 때문에 어렵다는 이야기인데, 도대체 뭐가 화가 나 서 야간 근무 중인 B 씨를 저 지경까지 몰고 갔나? 그리고 집에 들어가 서 태연히 자고 있을 때 체포했고, 당시 횡설수설하면서 기억이 안 난 다는 식으로 얘기를 했다.

주변의 이야기를 들어보면 술을 먹고는 꼭 주사가 있어 행패가 반복 해서 있었다는 진술이 있었다. 가장 당혹스러운 게 층간소음 문제는 변호사나 법률 전문가·경찰·관리소 소장 또 국가도 정확히 해결하지 못하고 있는데, 하물며 경비원 B 씨가 어떻게 해결할 수 있겠는가? 처음 체포될 때 만취해서 한 행동을 기억 못 한다고 진술했는데, 요즘 술 취해서 기억이 안 난다고 했다가는 엄청난 비난을 받는 그런 상황이고, 심신미약을 주장하는 것 아니냐는 오해를 살 수도 있다.

하지만 최근에는 법원의 입장에서 술에 취해 기억이 안 난다는 것과 술에 취했을 때의 당시 행동은 별개의 문제일 수 있다고 하는데, 기억은 안 나도 당시 상황에서 분명히 무슨 짓을 한지 알면서도 범죄를 저지른 것이라면 단지 술에 취했다는 것만으로는 절대 용서하지 않는다는 게 강력한 입장이다. 그래서 경찰과 검찰에게 부탁을 드리면 주취감경을 법원에서는 자비를 베풀었는데, 이번 경우에는 술에 취했어도 의도적으로 폭행하고 집에 와서 잤다는 것 자체가 용납될 수 없다는 주변의 이야기이다.

우리 사회에서는 술 마신 상태의 범죄는 굉장히 너그러웠는데, 피해자 입장에서는 절대 용서할 수 없는 범죄이다. 층간 소음문제 해결이 안 된다고 고령의 경비원에게 화풀이한 것밖에 안 되는 그런 상황인데, 평상시의 경비원 B 씨는 성실하고 열심히 일하던 사람이라고 주위에서 칭찬이 자자했다. 너무나 허망하고 분노를 참을 수 없다고들 이야기한다.

정작 남을 지켜주면서 자기 자신을 지키지 못하는 경비원들이 많다. 그리고 B 씨는 성실하여 모범상을 받기로 되어있었다. 게다가 B 씨의 성실함의 원동력은 가족이었는데, 두 번째 손자가 태어나서 값진 선물도 하려고 했었는데 이런 일을 당하고 결국 숨졌다.

20대 젊은 경비원의 인정받지 못한 안타까운 죽음

···

2018년 12월, 제주시 애월읍 포구에서 한 청년이 싸늘한 주검으로 발견되었다.

특수 경비직원으로 일하던 20대 청년이 스스로 목숨을 끊은 안타까운 이야기이다.

이유는 직장 내 괴롭힘과 회사 측의 안일한 대응으로 선배로부터 지속적인 욕설과 언어폭력에 시달렸던 게 빌미였다.

서울 업무상 질병 판정위원회는 김 군의 자살 원인이 개인적 요인에 가깝다며 산업재해로 인정하지 않았다. 「산업재해 보상보험법」 시행령 제36조에는 업무 스트레스 등으로 정신질환 치료를 받았거나 받은 사람의 자해는 산재로 인정하고 있다고 명시되어 있다.

2016년 5월에 입사하였는데 2년 넘게 갑질을 한 상사, 그 한 사람 때문에 출근하는 하루하루가 지옥 같았고, 극심한 스트레스에서 벗어나려고 발버둥쳤다. 자살하기 전에는 쭉 정신과 치료를 받아왔었다.

식구로는 부모님과 누나와 형 그리고 무척이나 사랑하는 조카가 있었는데, 김 군의 죽음은 개인의 죽음이 아니라는 결론을 내려야 함에도 불구하고 패소했다. 그래서 주위의 도움을 받으면서 계속 법정 투쟁을 하고 있는데, 경비노동자는 고용 안정과 인권 보호를 위해 가장 우선되어야 할 문제는 제도적인 장치보다는 공동체 구성원으로 존중되어야 한다.

숨진 김 군의 일기장·진술서·수사결과보고서·정신진료기록부·업무상 질병판정서 관련 소송기록 등을 토대로 유족은 산재 불인정과 관련해 재심을 준비하면서 그 당시 지방법원에서 회사와 상급자를 상대로 민사소송을 했던 것으로 알고 있다.

"몇 동, 몇 호 가세요?" 물었더니 여성의 욕설과 주먹이 날아왔다

2021년 4월 인천 서구의 한 아파트 70대 경비원이 다가가 업무 규칙대로 몇 동, 몇 호 가시느냐고 물어보는 순간 엄청난 욕설을 하는 여성. 그래도 경비원은 침착하게 대응을 했고, 심지어는 침을 뱉고 난리를 피워 그 경비원은 정신적 충격에 입원을 했다.

욕이란 욕을 심하게 하며 그 여성은 전에는 차단기가 자동으로 열렸다고 따졌고, "원래 방문 차량은 안 열린다."라고 말한 뒤 차단기를 열어주자 경비실에 쫓아가서 입에 담기도 어려운 욕설과 폭행을 하면서 다짜고짜 욕설이 시작됐다고 설명했고, 곧바로 출동한 경찰에 그 30대 여성은 인계되었다.

극도의 스트레스를 받아 쓰러진 경비원은 119구급차로 병원에 옮겨졌고, 결국 이 여성은 경비원을 핸드폰 모서리로 이마를 내리치고 구석에 있던 소화기로 어깨와 엉덩이를 수차례 폭행하고 발로 허벅지를 걷어차는 등 폭행을 한 죄로 실형이 선고되었다.

음주를 막았다고 10대가 경비원 폭행사건

2021년 5월, 인천의 한 아파트 관리소에서 한 남성이 관리소 문을 차고 들어와서 경비원을 폭행했다. 사고 발단은 늦은 시간 아파트 공용공간에서 음주와 흡연을 한다는 주민들의 항의를 받고 있어 민원을 받은 경비원이 가서 이를 제지하자 그 당사자인 입주민이 관리소를 찾아와 거친 욕설을 하면서 얼굴에 침을 뱉고 주먹까지 휘두르고 하며 한시간 넘게 행패를 부렸다. 경찰이 현행범으로 체포하고 보니 10대 미성년자였다. 체격이 좋고 몸에 문신을 새겨 정상적이지 않았는데, 가족의 말에 의하면 분노조절장애가 있다고 한다.

상인들에게 돈을 뜯어온 건달 경비원들

··

경비원이 폭행만 당하는 게 아니라 오히려 상인들에게 약점 잡아 돈을 갈취하는 일도 있다.

서울 종로의 한 유명한 재래시장에서 고용한 경비원들이 보호비나 자릿세 명목으로 매일 약간의 돈을 뜯어 경찰에 적발되었다. 경비원들은 가게 앞에 노란 선 금을 쳐놓고 질서유지 명목으로 단속을 벌여왔다. 시장 상인들은 영업정지 등의 제재가 두려워 보호비 명목으로 매일 3천 원 정도의 돈을 건네주었다. 노점상들은 쫓겨나지 않으려고 자릿세로 돈을 상납했고, 이런 관행은 오래전부터 있어 왔지만 지금은 많이 없어졌다고 한다.

예전에 안산에서, 지금은 많이 개발되었지만, 개발되기 전에 내가 전자시계를 파는 노점 장사를 한 적이 있었는데, 그때도 경비원(깡패 비슷한)들에게 길게 늘어선 노점 장사하는 사람들이 매일 얼마간의 돈들을 쥐어 준 기억이 있다.

제5장

주민들에게 미담으로
들려오는 경비원들의 이야기

(이제 어두운 이야기보다 이웃 간의 훈훈한 이야기를 해야겠다)

경비원들에게 다가선 주민들

2015년 1월 경기도의 안양의 한 아파트 경비원들이 해고될 거란 소식에 주민들이 모여들었다. 해고를 막기 위해 주민들이 모였다. 주민들은 왜 나섰을까?

주민들은 동대표와 동대표 회장에게 왜 이런 결정을 내리는지 한마디 설명도 듣지 못했다고 한다. 그래서 계속 경비원 유지하자고 플래카드를 만들어 아파트 내에서 가두행진을 하고 관리소장을 만났다. 주민들은 부당한 처사에 화가 나서 가만히 있을 수 없다며 경비원들이 오랫동안 근무했는데 왜 해고되어야 하는지 이유를 알아야겠다고 했다. 또한, "개인적으로는 집안의 어른같이 생각이 든다", "어떤 때는 간식도 챙겨드리고 했는데…" 하면서 결사반대해 결국은 15명의 경비원이 재고용되었다.

본인의 몸을 희생시킨 경비원

2017년 3월, 서울시 노원구의 한 아파트 화재 현장에서 한 경비원이 주민들을 안전한 곳으로 대피시키고 숨지는 일이 있었다. 주민들 사이에선 경비원 아저씨가 진정한 영웅이라며 추모 분위기가 이어지고 있다.

불은 지하 1층 기계실에서 나서 단지 일대는 큰 혼란에 빠졌다. 주민들은 연기가 막 들어오니까 무서워서 탈출을 시도했다. 시커먼 연기가 환기구를 통해 하늘 높이 치솟고, 당시 정전으로 엘리베이터까지 멈춰선 다급한 상황.

경비원 A 씨는 아파트 계단으로 뛰어 올라가면서 주민들에게 대피하라고 위급 상황을 알렸다.

주민들은 "불이 났다"고 경비원의 다급한 목소리를 듣고 대피했다. 하지만 주민들이 안전하게 대피를 했으나 경비원 A 씨는 보이지 않았다.

당시 A 씨는 화재 사실을 주민들에게 알리기 위해 1층에서부터 9층까지 계단으로 뛰어 올라가면서 각 세대의 출입문을 두드리며 화재 났다고 주민들에게 알렸다. 9층에서 급히 병원으로 옮겼지만 끝내 숨졌다.

소식을 접한 주민들은 경비실에 하얀 꽃을 바치며, 특히 경비원 아저씨가 우리들의 영웅이고 그 뜻을 잊지 않겠다는 추모의 글이 이어지고 애도의 뜻을 전하며, 착하고 일도 잘하시고 그렇게 잘했는데 그렇게 인생이 끝나고 나니 가슴이 아프고 허무하고 안타깝다고 했다.

위급한 상황에서 주민들의 안전을 먼저 생각한 한 경비원의 의로운 희생이 주민들은 물론 우리 사회에 깊은 울림을 주고 있다.

경비원 대신 초소에서 근무하는 주민들

2021년 1월, 서울 서대문구 88가구가 사는 단지가 있다. 경비원 두 분 중 한 분이 안 보이는데, 췌장암 3기라 아파서 병원에 있다는 말을 듣고 전 주민이 모금에 동참하여 생각보다 많은 성금이 답지하여 성금을 모아 전달하였다. 부인의 말로는 집에서 반찬을 가져가도 주민들이 평소에 반찬을 챙겨줘서 남은 반찬을 집으로 가져오기도 한다고 하니 주민들의 따뜻한 온정에 이루 말할 수 없이 고맙다고 한다.

요즘 같은 세상에 좋은 이웃이 있으니까 힘을 내시라고 독려하니 멀리 있는 친척보다 가까운 이웃이 좋다고 하는 말이 맞는 것 같다. 잊고 지냈던 이웃이지만, 또 두 경비원이 근무하는 초소이지만 한 분의 자리가 비었다. 그래서 주민들은 큰 결심을 하기로 했다.

경비원을 새로 뽑지 않고 병원에 있는 경비원이 퇴원할 때까지 주민들이 번갈아 가면서 근무를 한다. 경비원의 모든 업무를 대신하고 있는데, 경비원이 없으면 주민들이 더 불편한데 자발적으로 돌아가면서 근무하는 이웃에 대해 주민자치 회장은 "인간적으로 여기서 10년 넘게 근무했는데 '당신이 아프니까 그만두시오.'라고 사람을 새로 뽑을 수가 없다"는 것이다.

경비하러 올 사람은 많겠지만, 퇴원할 때까지 기다려 본다는 입장이다.

여기서는 주민들의 진심이 모여 작은 기적을 만들었다.

경비원들의 이런저런 이야기

모두가 잠든 시간에 묵묵히 아파트 단지를 지키는 사람은 경비원이다. 궂은 일도 마다하지 않고 열심히 일하지만, 언제 해고 통보를 받을지 알 수 없는 시간을 보내고 있는 비정규직 노동자이다. 지금 내가 근무하는 아파트에서 경비원 총 32명 중 19명을 해고한다는 입주자 대표회의에서 상정하여 그 해고 날짜가 언젠지 담담히 기다리는 입장이다.

관리비 증가 부담 때문에 경비원도 줄여야 할 상황이지만, 만약 잘릴 경비원은 딴 곳을 알아봐야 하는데 현실은 그렇게 녹록지 않다. 경비로 나서는 사람들은 가족의 생계를 책임져야 하는 경우도 있고, 내가 일을 해야 내 가족이 생활하니까 할 수 없지만, 나이가 많으니 나가라면 나가야지 버틸 재간이 없다. 자식에게 손 안 벌리고 스스로 살아가려고 일을 하는데 그것도 건강해야 뭐든지 할 수 있다.

30대는 자기 실력이 최고, 40대는 돈이 많으면 최고, 50대는 자식 잘 두면 최고, 60대 이상은 건강한 사람이 최고다. 노인들이 일하는 이유는 생활비 마련이 80%, 용돈 마련 10%, 10%는 기타로 분류된다. 경비원을 축소하면 여러 가지 어려움이 있는데 경비원 자신도 일의 할당량이 많아지고, 주민 입장에서는 받는 서비스의 질이 떨어진다고 할 수 있다.

아파트가 많은 도시에서는 경비 일은 중요한 일자리다. 노년층의 생계를 도와주고, 자녀들의 결혼에 필요한 돈을 모을 수 있다. 사실 자녀들 결혼은 본인들이 알아서 가라고 하지만 그래도 그게 어디 그런가? 실상은 그렇지 못해 부모들의 도움이 많이 필요한 경우가 많다.

우리 부모들은 하나라도 더 해주고 싶은 마음은 다 인지상정이다.

고단한 하루를 마치고 돌아온 사람들을 위해 오늘도 보이지 않는 곳에서 우리 경비원들은 24시간 보안관으로 마을의 밤을 지키고 있다.

경비원 중에 젊어서는 잘 나가고 여유롭게 살았던 사람이 아들이 사고를 당해 치료비로 오랫동안 매달리다 보니 모아둔 재산 탕진하고 늙어서 가진 돈 없이 아내와 사는데 아내 역시 몸이 불편해 수술을 받을 지경인데 돈이 없어 차일피일 미룬다는 얘기에는 가슴이 먹먹하다.

또, 어떤 경비원은 밤샘 근무를 하고 집으로 돌아가는 길은 몸이 천근만근이다. 집에 장애가 있는 손자와 사는데, 태어날 때는 건강했는데 자라면서 어느 날 교통사고를 당해 머리를 크게 다쳐 후천적인 장애를 얻었다. 혼자서는 앉을 수도, 걸을 수도 없는 중증장애인이 되었고, 트럭 운전을 하는 아버지를 대신해서 손자를 돌보고 있다.

혹시 집안의 가까운 친척이 와도 별로 반응이 없는데 유독 할아버지가 오면 반응이 달라져 알 건 다 안다. 경비 일로 몸은 힘들지만 잠을 포기한 채 손자를 씻겨주고 옷 입히고 밥을 먹여주고 가벼운 운동이나 마사지를 해주는 등 돌보는데 한 달에 들어가는 기저귀값도 만만치 않다. 그러니 항상 아껴 써도 생활비는 모자란다. 할아버지의 소망은 손자가 하루빨리 나아서 다른 아이들처럼 걷는 것인데, 그러나 언제까지 이렇게 손자를 돌보며 지켜줄 수 있을지 해가 거듭될수록 자신이 없어진다고 한다.

세상 살면서 갑자기 해고당하는 경우도 있는데 생활이 어려운 사람은 살길이 막막하다. 오히려 젊은 사람보다 경험도 있고 더 열심히 일할 수가 있는데, 경비라도 젊은 사람을 선호하니 중간에 잘리면 다시 취업하기가 쉽지 않다. 소득절벽에서 빈곤노인으로 추락하는 이웃들을 보면 노인이라도 생활비를 벌어야 한다는 생각을 한다. 우리나라 노인 빈곤율이 OECD 국가 중 몇 년째 1위를 차지하고 있는 지금, 안정된 고용이 없는 한 빈곤은 계속될 수밖에 없다.

많은 직업을 경험하고 퇴직을 하고 은퇴를 한 노년들은 왜 경비근로자를 선택하려고 할까?

노년을 찾는 직업군에 유일하게 경비원밖에 없다. 앞으로 이 직업을 갖게 될 가능성이 더 낮아지고, 이런 혹독한 혹한기와 같은 이분들에게는 월급이 얼마냐가 중요한 게 아니라 지속성에 더 의미를 둔다. 누군가에게는 경비직이 생존이 되기도 한다.

또한, 나이 많은 이들에게 일할 기회를 주는 것은 고맙다고 다들 생각하는데, 양어깨가 무거운 가장이다. 생계를 책임지지 않는 그런 입장 같으면 마음을 비우고 일을 하는 것이다.

잘 모르고 그냥 지나가는 업체의 영업

좀 복잡한 이야기이지만 유공자나 복지카드 소지자를 우대한다고 채용공고가 나갈 때가 있다. 예전에는 아파트에서 용역회사 입찰에는 최저 입찰제로 업체를 선정하는데, 기업이윤 1원, 공과잡비를 1원씩 냈다. 피복비도 경비원들이 1년에 하복, 동복 해서 약 10만 원 이상이 되어도 피복비를 1원으로 써냈다. 그래서 기업이윤 1원, 공과잡비 1원, 피복비 1원 하면 3원 되는데 한 사람당 연 마진이 3원이다.

그런데 왜 0원을 못 쓰냐 하면 입찰법상 0원은 무효라 1원씩을 쓰고 들어간다. 말도 안 되는 이야기이지만 실제 예전에는 그랬다고 한다. 그러면 경비회사는 무엇으로 남느냐 하면 경비원 중에 근무하다 1년이 안 돼서 나가는 분들이 있다. 그러면 그 기간의 퇴직금이 남는다. 몇 달간 일한 퇴직적립금이 있는데 그게 용역회사의 소유가 되고, 연차 수당과 월차 수당이 안 되는 분들 것은 경비회사가 수익으로 잡아 그 수익금 등으로 회사를 운영했다.

그래도 충분히 회사를 운영할 수 있는 자금이 되었고, 편법으로 경비원들 1년이 안 돼 퇴직금 대상이 안 되게 정리를 하게 해서 그 이익금을 갖는 회사도 있었다. 그리고 그 이후에 퇴직금에 연차 수당이 지급되었다가 그 대상자가 퇴직을 해서 지급이 안 된 것을 단지에 반납하는 법령을 만들었다.

그래서 반납을 안 해서 적발되면 관리소장에게 과징금을 내게 했다.

그러다 보니까 입찰을 싸게 넣고 입찰을 따서 퇴직금을 가지고 운영했는데 그게 없어졌다. 그래서 국가에서 모든 기관과 회사에 장애인들을 의무적으로 2.4%를 쓰게 되어있어 2.4%를 고용 못 하는 회사는 거기에 대해 분담금을 받고, 2.4%를 넘게 채용한 회사는 추가되는 인원수만큼 그 회사에 지원금(인센티브)을 30~40만 원씩 준다. 경비회사가 그 돈을 지원받으려고 가급적 경비원을 채용할 때 복지카드 소지자를 우선 채용한다.

심지어는 탈북자들도 통일부에서 지원금을 주는 경우가 있어 같은 경비를 뽑을 때 이왕이면 이런 분들을 뽑으면 일반인보다는 회사에 도움이 많이 된다.

하지만 경증장애인이 취직되면 이런 사실은 알릴 필요도 없고 쉬쉬한다. 그러다 보니까 여기저기 경비회사마다 복지카드나 유공자를 찾게 되고, 일반인들은 왜 이러냐 하겠지만 경비회사는 운영난 타개를 위해서다. 물론 그런 분 중에서 건강하신 분들도 있고, 일부는 외부적으로 표시 나는 분도 있고, 또 몸이 불편해서 제대로 못 하는 분이 있으니까 주민들이 볼 때 그런 사람 싫어한다. 관리소장이 그런 사람 지도·감독도 하고, 경비회사는 그런 사람 쓰려고 하니 해결책은 입찰을 줄 때 무조건 최저 입찰보다는 적당히 경비회사에 적당한 마진을 주어야 한다.

직원들도 있고 차량도 있고, 랜턴과 호루라기, 여러 가지 경비 피복, 또 소모품인 장갑과 비누도 지급하고, 회사 법인세도 내야 하는 등 지출이 어마어마하다. 그런데 정부에서는 최저 입찰로 하라고 하고, 소장도 마진을 주고 입찰을 하고 싶어도 주민들이 왜 딴 곳은 1원씩인데 왜 우리는 몇만 원씩 주느냐고 항의하고 따지면 소장도 할 말이 없다.

경비업체도 회사인데, 마진이 없어서 쩔쩔매고 편법을 쓸 수밖에 없는 구조적인 문제이다. 예를 들어 고물이나 폐지나 병, 스티로폼, 플라스틱, 비닐 등을 가져가는 업체는 최고가를 써낸 업체에 일감을 준다. 경비나 미화 부분은 제일 싼 업체에 주는데 전에 그랬듯이 최저임금에 1원을 넣고 들어가는 것은 시대도 변했고, 퇴직금을 용역회사가 가져가지 못하게 막았으면 실정에 맞게 법을 고쳐 회사도 수익이 발생하도록 하는 것이 형평성이 맞다.

마무리로 하고 싶은 이야기

코로나19 이전에는 앞서 밝혀드린 바와 같이 여러 활동을 하였으나 2020년부터는 사실상 모든 활동이 중지되어 다 내려놓고 나름 경비직을 선택하여 많은 경험과 체험으로 여러분들 앞에 섰습니다. 처음에는 쓸 이야기가 별로 없을 것 같았는데 일단 펜을 들고 보니 할 이야기가 많이 생겨 기억과 생각을 정리하는 데 많은 시간이 들었고, 이 책에 기술한 숫자나 단어, 법, 내용 등에 약간의 차이가 있을 수 있음을 알려드리고, 최대한 사실에 근거하여 저술하였기에 민감한 부분은 그저 가볍게 보아주셨으면 하는 부탁을 드립니다. 궁금하신 점이 있으시면 아래 전화로 연락을 주시면 됩니다.

한국 자신감 사관학교 교장

한국 치매예방 연구소 소장

아코디언, 하모니카, 마술강사

강연, 강의 문의 010-6255-1953 장두식(장 박사)

누구에게나 다가오는 인생이란?

인생이란 백마가 달리는 것을 문틈으로 내다보는 것처럼 삽시간에 지나간다는 말이 있다.

젊어서는 인생이 꽤 길게 느껴지지만, 나이 들면 화살처럼 달리는 백마를 문틈으로 얼핏 본 것처럼 인생이 정말 빠르다는 것을 깨닫게 된다.

나이 든 어른들이 세월이 빠르고 인생이 덧없다고 말하는 것은 나이 든 것이 아쉬워서가 아니라 사실상 인생이 기쁘지 않았다는 뜻일 수 있다.

우리는 한 번밖에 살지 못한다.

한 번밖에 살 수 없으니 살아있는 동안 참으로 행복하게 살아야 한다.

오늘이 내 생애 최고의 순간인 듯 행복해야 한다.

그리고 행복은 누리고 불행은 버리는 것이고, 자유는 즐기고 속박은 날려버리는 것이다.

웃음은 나를 위한 것이고, 울음은 남을 위한 것이다.

행복은 누가 만들어 줄까? 바로 우리 자신이다.

우리 경비원들은 많은 스토리(사연)를 가지고 있는 사람 중에는 귀하지 않은 사람은 없다. 그분들의 이야기가 모이고 모이면 우리 아버지들의 이야기가 되지 않을까 생각한다.

최저임금 논란 속에 경비원들을 경제적인 돈의 논리로만 바라볼 수 있지만, 오늘 저녁 집에 들어갈 때 앞에 경비원이 보이면 아이스크림 하나 사다 주는 센스는 어떨까?

그들은 또 누군가의 가족이다. 우리와 더불어 살아가는 소중한 사람들 이제 직업에 대한 편견은 내려놓고 상생의 길을 모색한다면 우리 모두가 웃을 수 있는 해답을 분명 찾을 수 있다.

감사라는 말을 이해하고 실행하자. 누구나 행복해진다

우리 주민 중에 나이가 지긋한 한 주민이 있는데 풍을 맞아서인지 거동이 아주 불편해 보인다. 그리고 언제나 새벽에 나와 이 동네 한 바퀴를 아주 조심스럽게, 지팡이 짚고 한 발짝 한 발짝 조심스럽게 내딛는다. 운동이 필요한 것이다. 그래서 건강은 건강할 때 지켜야 한다. 그래서 건강이 재산이다.

우리 인간은 하루하루를 똑같은 시간으로 공평하게 보내고 있다. 그 짧지 않은 시간을 어제도, 오늘도 내일이 오면 또 보낼 것이다. 그러면서 어디에서나 무엇을 하나 눈을 뜨고 몸을 움직여 활동을 하는데 다들 생김새도 다르고, 성격도 다르고, 하는 일도 다른데 뭐든지 어떠한 경우에도 감사하는 마음을 가지면 그 마음으로 그 사람은 행복하고 부자가 될 수 있다. 마음이 넓어지고 긍정적으로 생각하게 되고 나 역시 나에게 무엇이든 암시를 한다. 고맙다·감사하다 처음에는 멋쩍고 쓸데없는 생각이라고 할 수 있지만 살아가면서 가끔 무엇을 하든 간에 항상 고마운 생각을 하여 감사하다·고맙다 계속 되뇌이고 있다.

예를 들어 경비 일을 하면서 감사해야 할 일이 너무 많은 것이다.

청소를 하면서도 감사하고, 순찰을 돌면서 감사하고, 음식쓰레기 통을 닦으면서도, 안내를 하면서도 부딪치는 일마다 감사의 메시지를 나에게 부여한다. 이 글을 읽는 분들도 생각을 나처럼 해보시기 바란다. 그러면 대인관계뿐만 아니라 하는 일마다 즐겁고 마음은 평온하고 건강하기에 빗자루를 들고 있어 고맙고 걸을 수 있어 감사하고, 볼 수 있어 감사하고, 손이 있어 식사를 하고 바람이 불어 고맙고, 날씨가 좋아서 감사하고, 화단에 예쁜 꽃이 있어 감사하고, 나하고 어깨를 부딪치는 사람이 있어 감사하고, 돌부리에 발이 걸려 몸을 휘청할 때도 '감사합니다.'라고 외쳐보자.

사소한 것에도 항상 감사의 마음을 갖고 있으니 남을 미워할 마음이 안 생긴다. 온 세상이 나의 것이요, 행복은 인생의 목적이고 감사는 그곳으로 데려다주는 안내원이기 때문에 내가 하는 경비원 일이 매우 즐겁고, 동료 간의 다툼이 없어지고, 입주민들을 사랑하게 되어 감사하고, 하는 일마다 발전이 되고 술술 풀리니 이 얼마나 좋은 일인가?

씨앗은 흙을 만나야 싹이 트고, 고기는 물을 만나야 숨을 쉬고, 사람은 아름다운 사람을 만나야 행복해진다. 나는 감사의 마인드 컨트롤 홍보대사가 되어 전국을 순회하며 강연하는 꿈과 목표를 가지고 있다.

제6장

게시판의 알림 글

협조문

....

　＊ 협소한 주차공간을 효율적으로 운영하기 위하여 아래의 사항을 당부드리오니 안전사고 예방과 입주민 사이에 분쟁이 발생하지 않도록 협조하여 주시기 바랍니다.

1. 지하주차장 내부에 출입 시에는 전조등을 켜고 운행하여 인명 및 안전사고가 발생하지 않도록 합시다.

2. 불가피하게 차량접촉 사고가 발생하였을 경우에는 경비실에 알리거나 피해 차량에 연락처를 남겨두어 이웃에게 알려줍시다.

3. 불가피하게 통로에 주차하였을 경우에는 기어를 중립에 놓고 핸드브레이크를 풀어놓아 타인에게 피해를 주는 일이 없도록 합시다.

4. 지하 1층 주차장은 혼잡하나 지하 2층은 다소 여유가 있으므로 많이 이용하시기 바랍니다.

5. ○○ 아파트 차량 스티커가 부착되지 않은 차량은 외부 차량으로 간주되어 경고장 부착 등 불이익을 받게 되므로 차량등록증을 소지하고 관리사무소를 방문하여 차량 스티커 부착 후 운행하여 주시기 바랍니다.

6. 외부 손님이 차량을 이용하여 방문 시에는 경비실에서 임시 주차증을 발급해 드리고 있사오니 반드시 임시 주차증을 부착하여 불이익을 당하는 일이 없도록 하여 주시기 바랍니다.

7. 입주민께서는 목적 없이 주차장을 배회하거나 거동 수상자가 있을

때에는 즉시 경비실에 신고하여 주시기 바랍니다.

8. 지하주차장은 관리 인력이 상주하지 않는 관계로 보안상 취약하오니 차내에 귀중품이나 현금을 일체 보관하지 맙시다.

9. 지하주차장은 지하에 위치한 관계로 누수되는 부위가 있사오니 주차 시에는 누수 부위 여부를 반드시 확인 후 주차하여 주시기 바랍니다.

○○ 아파트 관리사무소

지하주차장 물방울(석면) 안내문

당 아파트 지하주차장 천정에서 석면 물방울이 주차 차량에 떨어질 수 있습니다.

석면 물방울이 떨어지는 위치를 정확하게 확인 후 관리실로 연락주시기 바랍니다.

그러면 그 위치에다 보강공사를 마치기 전까지 주차금지 표시판을 세워놓으니 주의를 부탁합니다.

위치 파악이 안 된 차량은 관리실에서 책임지지 않습니다.

귀하의 이웃이 관리사무소를 통하여
귀하에게 보내는 목소리를 전달합니다

입주민이 입주민에게

1. 담배꽁초 등 쓰레기를 버리는 입주민이 있습니다. (음식물쓰레기, 일반 쓰레기. 재활용품을 버리고 갑니다.)

2. 베란다 또는 주방 창문으로 각종 쓰레기를 버려 창틀이나 방충망에 음식물이 걸리고 지저분해서 못 살겠습니다.

3. 복도에 종량제 쓰레기봉투, 음식물쓰레기를 놔둬서 악취가 나요. 옆집이라 말도 못하고 조치 좀 해주세요.

4. 계단에 재떨이까지 만들어 놓고 계단에서 담배 피워댑니다. 숨 막혀 못 살겠어요.

5. 같이 사는 우리 아파트에서 서로를 배려하는 마음으로 다른 집에서 불편하겠다 하는 점은 하지 말아 주세요. (이불 털기, 창문 물청소 등)

6. 아침, 낮, 밤으로 악기 소리(피리 등)가 들려서 잠을 잘 수가 없습니다. 강아지 짖는 소리부터 사람이 쿵쿵거리는 소리까지 층간소음의 민원이 가장 많이 발생하고 있습니다.

7. 비상계단이나 복도는 유사시 대피하는 통로로 물건을 적재하거나 통행을 방해하는 행위를 삼가주시기 바랍니다.

8. 반려동물을 기르는 세대는 공공장소에 배설물을 방치하는 행위로 이웃에 피해를 주지 않도록 각별한 주의 부탁드립니다.

이사를 가거나 들어오는(전·출입) 경우

누가 이사를 한다는 정보를 관리사무소에서 미리 연락을 받으면 경비는 전날 원활한 이사를 하기 위해 이사 짐차의 주차 확보에 신경을 쓴다. 이사를 하는 도중 혹시 있을지도 모르는 경미한 사고라도 기록하고 관리사무소에 얘기해야 한다. 그리고 이사를 끝내면 지켜보고 혹시 놓고 가는 물품이나 쓰레기가 남아있는지 확인해야 한다.

지금은 거의 없지만 전에는 양심 불량한 사람이 있었다고는 하나 극소수고, 모르고 그럴 수도 있다고 생각한다.

이사 오는 세대는 관리사무소에 입주자 명부를 작성하여 제출한다.

	입주자 명부	(별지 제1호 서식) [제9조 제3항 관련]
세대주	동-호	입주일
	성 명	생년월일
	연락처 전화번호	
	차량번호	차 종
가족사항	세대주와의 관계	성 명
	"	
	"	
	"	
	"	

입주 현황 □소유자(소유자의 배우자나 직계존비속 포함) □사용자(전세, 월세 등)

사용자 기재 •소유자 성명:

　　　　　•주소:　　　도(시)　　　시(군. 구)　　　로　　　번지

　　　　　•전화:

* 「개인정보 보호법」 제15조, 제17조, 제23조, 제24조

1. 개인정보 수집·이용의 목적: 온라인 투표, 체납 관리 및 비상시 연락

2. 개인정보의 처리 및 보유 기간: 입주일로부터 관리비 등의 정산을 완료하

　　고 전출한 날까지

3. 개인정보의 제3자 제공

　　−제공받는 자: 한국전력공사, 가스공업사, 경찰서, 법원, 지방자치단체

　　−제공받는 자의 이용목적: 관리비 등의 체납자에 대한 조치 등

4. 개인정보 이용 항목: 성명, 생년월일, 주소, 연락처

5. 비동의 시 불이익: 개인정보의 취급·수집·이용 제공 등에 부동의하실 경

　　우 비상시(차량 파손, 급배수, 누출 또는 화재 등) 적시에 필요한 조치 등을

　　받지 못해 피해를 받을 수 있습니다.

−개인정보 취급 및 개인정보의 수집·이용·제공 등의 내용에 대하여 동의하

십니까?

　　　　　　　　　년　　　　　월　　　　　일

□ 동의합니다.(서명:　　　)　　□ 동의 안합니다.(서명:　　　)

　　　　　개인 정보 처리자: 관리사무소장　　　인

　　　　　　　　00 아파트 관리사무소

승강기 정기검사 실시 안내

....

승강기 안전관리법 제13조 2의 규정에 의거하여 한국승강기 안전공단에서 승강기 정기검사를 실시합니다. 검사 시간에는 승강기 운행이 대당 약 30분가량 정지되오니 입주민께서는 이 점 양지하시어 승강기 이용에 참고하시기 바랍니다.

검사 시간 중에는 불편하시더라도 비상계단을 이용해 주시기 바랍니다.

응급환자, 장애인, 노약자 이용 시 아래 번호로 연락 주시면 조치를 하겠습니다.

이런 안내문을 검사하기 1주일 전부터 입구 게시판에 게시한다.

엘리베이터 안에는 (승강기 이용자 준수사항)
- ▶ 승강기 안에 갇혔을 때는 탈출을 시도하지 말고 인터폰으로 연락한 후 구조를 기다려야 합니다.
- ▶ 출입문에 충격을 가하거나 기대면 안 됩니다.
- ▶ 버튼이나 스위치를 난폭하게 조작하면 안 됩니다.
- ▶ 화재가 발생하면 타지 말고 비상계단을 이용하여야 합니다.
- ▶ 정원을 초과하여 탑승하지 않도록 합니다.
- ▶ 어린이와 노약자는 보호자와 함께 이용합니다.

밑에는 비상시 연락 전화번호

건물명: 전화번호

보수 회사: 전화번호

손 소독제 사용주의 안내문

코로나19 바이러스로 손 소독제를 엘리베이터 안에 비치하고 손 소독제 사용주의 안내장도 부착한다.

내용: 손 소독제는 손에만 사용해 주시고 다음과 같은 경우에는 사용하지 말아 주세요.

1. 눈, 구강 및 상처가 있는 피부에는 자극이 될 수 있으므로 닿지 않도록 주의하여야 합니다.

2. 특히, 눈에 들어간 경우에는 즉시 깨끗한 물로 여러 번 씻어내고 사용 시 발진 증상이나 가려움증, 피부 자극 증상이 나타나면 사용을 중지하고 의사 또는 약사와 상의하여야 합니다.

(주성분: 주정 알코올 65%, 글리세린, 정제수)

종이류 재활용품 분리배출 안내

▶ 골판지류– 테이프와 이물질을 제거하여 배출

▶ 신문, 책자류– 스프링 등 종이류와 다른 재질은 제거 후 배출

▶ 종이류로 배출하면 안 되는 품목(종량제 봉투에 버려주세요)

영수증, 전표, 은박지, 금박지, 코팅지, 음식물이 묻은 오염된 종이,

벽지, 폐휴지

자전거 등 물건 적치로 인한 피난장애 행위 금지 안내

평소 화재 예방에 적극 협조해 주시는 아파트 입주민들께 진심으로 감사의 말씀을 드립니다.

최근 대형 인명 및 재산피해가 발생한 화재는 비상구 폐쇄 행위(잠금, 폐쇄, 훼손, 물건 적치, 변경 행위 등) 및 피난·방화시설 관리 소홀 등의 위반 행위가 주요 원인으로 분석되고 있습니다.

이에 경기도에서는 고질적인 안전 무시 관행을 근절하기 위해 비상구 폐쇄행위 등에 대한 불시 단속을 실시하고 있으니 귀하께서는 피난시설 내 자전거 등 물건 적치로 인해 불이익 처분을 받지 않도록 주의 및 화재 시 원활한 대피를 위한 피난 통로 확보에 적극 협조해 주시기 바랍니다.

피난시설 주위에 물건을 쌓아두거나 장애물 설치 시 300만 원 이하의 과태료가 부과됩니다.

(화재 예방, 소방시설 설치, 유지 및 안전관리에 관한 법률 제10조)

- 참고– 피난시설 내 물건 적치 사례, 위반 사례 사진

경기도 북부 소방재난본부장

2022. 06. 15.

게시 번호: 승강기　　　　게시 기간: 상시 게시

공고

········

제목: 관리비 연체 세대

주민 여러분께서 납부하셔야 할 관리비의 연체가 누적되어 관리사무소의 자금 집행(전기요금, 난방, 열 요금, 직원 급여 등)에 어려움을 겪고 있습니다.

주민 여러분께서는 관리비가 1개월이라도 연체되는 일이 없도록 관심을 가져주시기 바랍니다. 세대별 연체 시 온수 중단과 전류 제한을 실시할 예정입니다.

2022. 06. 15.

관리사무소장(직인 생략)

게시 번호: 승강기　　　　　게시 기간: 상시 게시

생활 속의 층간소음 예방 팁

....

*폭신한 슬리퍼를 신어보세요

층간소음 발생원인의 70% 이상은 발걸음과 뛰는 소리입니다. 실내 슬리퍼 착용을 생활화해보세요. 슬리퍼의 밑창은 3cm 이상이 효과적입니다.

*가구에 소음 방지 패드를 붙여요

자주 사용하는 가구(의자 등에) 소음 저감 용품을 설치하면 층간소음을 줄일 수 있어요. 가구를 이동시킬 때는 주의를 기울여 주세요.

*어린이가 있는 집은 층간소음 방지매트를 설치해요

매트 두께는 4cm 이상이 효과적입니다. 바닥은 아래층과 위층이 공유하는 것임을 우리 아이들이 알게 해주세요.

*이벤트 소음(집들이, 아이들 생일파티, 인테리어 공사 등)은 이웃에게 미리 양해를 구해보세요

예상하는 소음에는 크게 놀라지 않아요.

*늦은 밤과 이른 아침에는 세탁기와 청소기를 사용하지 않아요

휴식과 수면 방해로 인한 이웃과의 갈등을 줄일 수 있어요.

*보복 소음은 안 돼요

보복 소음은 서로 간의 감정을 더욱 상하게 하며, 불필요한 오해를 받게 합니다.

층간소음 자제 안내

우리 집 '바닥'은 아래층 '천장'입니다.

코로나로 인해 세대에(집에) 머무는 시간이 많은 관계로 낮과 밤을 가리지 않고 층간소음이 많이 발생하고 있습니다. 아울러, 가정에서는 어린이들이 뛰는 것을 통제해 주시기 바라며, 늦은 시간에 청소기, 세탁기, 피아노, 운동기구 등의 사용은 자제해 주시기 바랍니다.

그 밖에 애완견 짖는 소리, 문 닫는 소리 등이 이웃에 피해 주지 않도록 주의하여 주시길 당부드립니다.

돌출물 설치에 관한 동의서

(아파트에서 에어컨을 설치 시 옆집과 위, 아랫집의 동의를 구하는 내용)

상기인은 세대 내 베란다 및 발코니에 에어컨 실외기를 설치하고자 합니다. 관리사무소의 각서 사항을 준수하여 설치하고자 하오니, 해당 라인 입주민들께서는 이에 동의 바랍니다.

돌출물 설치행위에 대한 각서

....

   상기 본인은 아파트에 입주하여 당 아파트 관리규약 제6장 39조에 의거, 발코니 및 베란다에 설치한 돌출물(에어컨 실외기)로 인하여 안전사고가 발생 시 이로 인한 모든 책임은 본인의 귀책사유임을 인지함은 물론, 이로 인하여 발생하는 모든 민형사상(인명, 재산상 손해)의 책임을 지겠음을 각서로 제출합니다.

   특히, 별도의 시설물(에어컨 실외기 등)은 관리사무소에서 위치 지정을 반드시 받아야만 하고, 입주민의 민원에 의한 철거 요청에는 상당한 사유가 없는 한 원상 복구할 것을 각서로 제출합니다.

   (이때, 주민이 이에 응하지 않을 경우, 관리사무소에서 1차 통고하여도 원상복구시키지 않을 경우 관리사무소에서 임의 철거하여도 이의를 제기하지 않겠습니다.)

내·외부 균열 보수 및 재도장공사 관련

....

　당 아파트 내·외부 균열 보수, 재도장 관련하여 공사 기간 동안 베란다에 화분, 세탁물을 세대 안으로 넣어주시기 바라며, 내부 도색 작업에 지장을 줄 수 있으니, 계단 복도에 자전거 등 개인 물건을 정리하여 주시기 바랍니다.

– 아 래 –

　1. 공사 예정 기간: 22년 00월 00일
　*** 공사 기간 동안 작업원이 창문 밖으로 밧줄을 타고 작업하고 있으니 놀라지 마시기 바랍니다.

00 아파트 관리사무소 소장

공고 번호: 0000　　　　　공고 일자: 2022.00.00.

게시 종료: 2022.00.00.

도장공사 안내문

....

주민 여러분 가정에 행복이 가득하길 바랍니다.

당 아파트 2020년 장기 수선 계획에 의한 내·외부 균열 보수, 재도장공사 및 지하주차장 바닥 에폭시 공사 계획을 안내하오니 많은 협조 부탁드립니다.

공사 기간: 2022년 00월 00일 ~ 2022년 00월 00일

공사 범위: 내·외부 균열 보수, 재도장공사 및 주차장 에폭시 공사

위와 같이 공사를 안내해 드리오며, 공사 기간 동안 주민 여러분에게 부득이하게 불편함을 끼쳐드리게 되어 죄송합니다.

공사 기간 이내로 완료될 수 있도록 최대한 노력하겠으며, 공사가 원만하게 진행될 수 있도록 다시 한 번 주민 여러분의 많은 협조를 부탁합니다.

2022년 00월 00일

지하주차장 공사 협조문

....

   장마철 습기로 지하주차장 천장 보에서 노후된 페인트가 자연 부식 되어 차량에 떨어져 차량을 훼손될 수 있습니다.

   이에 지하주차장 천장 보의 노후화된 페인트를 아래의 일정으로 제 거 작업하오니 지하주차장 천장 보 밑에 주차된 차량은 이동 주차하여 주시기 바랍니다.

- 아 래 -

제1 주차장 지하 1층   2022년 00월 00일 월요일

제2 주차장 지하 1층   2022년 00월 00일 화요일

제2 주차장 지하 2층   2022년 00월 00일 수요일

2022년 00월 00일

00 아파트 관리사무소

공고

· · · · · · · · ·

제목: 정기 소독 안내

  단지 내 환경위생과 전염병 예방을 위하여 감염병의 예방 및 관리에 관한 법률 시행규칙 제36조 제4항 규정에 의거 아래와 같이 '정기 소독'을 실시하오니 입주민 여러분의 협조를 부탁드립니다.

– 아 래 –

1. 소독업체 명: 00(주)

소독 일정	해당 동	소독 방법	소독 시간
0월 0일(월)	101동~105동	분무, 연고	오전 9시 30분~오후 3시
0월 0일(화)	106동~110동	분무, 연고	
0월 0일(수)	111동~116동	분무, 연고	

    ▶ 연고제: 뉴 맥스포스 겔(바퀴벌레 제거)

    ▶ 부착제: 컴베트(위 소독 방법이 곤란한 세대에게 지급)

    위 방법 중 주민이 원하시는 방법을 선택하여 실시합니다.

2. 소독 후 유의사항

▶ 약 효과는 3개월 이상 지속됩니다.

▶ 벌레가 박멸되는 데에는 3~7일 정도 시간이 걸립니다.

▶ 약품을 48시간 이내에 닦아내거나 제거하시면 약효가 반감됩니다.

3. 기 타

소독 미실시 세대는 빠짐없이 정기 소독을 받으시길 바랍니다.

2022년 00월 00일

00 아파트 관리소장

공지 번호: 00   게시 기간: 22.00.00.~22.00.00.까지

추가 소독(실내) 안내
······························

아파트 내 전 주민의 환경위생과 「감염병예방법」 제36조 4항에 의거 아래와 같이 당 단지의 소독(방역)을 실시하오니 주민 여러분의 협조 부탁드립니다.

– 아 래 –

▶ 소독업체: 00(주)

월/일	시간	해당 동	방법
00월 00일	오전 9시 30분~12시	전체 동	분무, 연고
	오후 1시~ 3시		

유의사항 소독 직원의 세대 방문 시 도난 분실 등과 관련한 오해가

없도록 입주민께서는 반드시 입회하여 주시기 바랍니다.

애완견 물림 사고가 발생할 수 있사오니 애완견 관리 부탁드립니다.

※ 소독 후 2~3일간 바퀴벌레나 개미가 돌아다닐 수도 있으나 곧 없어지므로 안심하셔도 됩니다.

00 아파트 관리사무소장

공고 번호: 0000   공고 일자: 22.00.00.

게시 종료: 22.00.00.

간헐 난방 실시 안내문

장마철 잦은 비로 인하여 간헐 난방을 아래와 같이 공급할 예정이오니 난방 사용에 참고하여 주시기 바랍니다.

▶ 간헐 난방 시간: 오후 0시~오후 0시

▶ 일　　　시: 20.00.00.~(우천 시)

※온수 (급탕)은 24시간 공급됩니다.

2022.00.00.

00 아파트 관리사무소

난방 공급 중단 안내

··

하절기 기온이 상승함에 따라 효율적인 난방 공급을 위하여 아래와 같이 하절기 난방 공급을 중단할 예정이오니 불편하시더라도 양해 바랍니다.

– 아 래 –

1. 난방 중단일: 2022년 00월 00일
2. 참고사항: 시행 기간 중 낮은 외기온도, 우천 시에는 난방을 공급합니다.

00 아파트 관리사무소장

공고 번호: 0000   공고 일자: 2022.00.00.

게시 종료: 2022.00.00.

개인 세대 공사 안내문

··

세대 내부 공사로 소음이 발생할 수 있으니 주민 여러분께서는 불편하시더라도 많은 양해 부탁드립니다.

- 동 호 수 :   동   호
- 공 사 기간: 월   일 ~   월   일
- 소음 발생일: 일간
- 공사 담당자: 010-1234-5678

[00 인테리어]

재도장공사 외부 색채 선정 안내
....

아파트 재도장공사 외부 색채를 입주민 등의 의견을 들어 결정하고자 합니다. 경비실에 비치한 제시된 3개의 시안 중에서 각 세대에서는 1개의 시안을 선택하여 경비실에 비치된 서면에 선택 안에 표시하여 주시기 바랍니다.

입주민 등 과반수 참여로 최대 득표 시안으로 결정되며, 결정 이후에는 이견을 제시할 수 없으니 양해 바랍니다.

2022년 00월 00일

00 아파트 관리사무소

경고문
....

통로 및 계단은 화재 시 피난 통로의 역할로, 적치물을 방치할 경우 귀중한 인명피해를 가져올 수 있습니다. 또한, 관할 소방서의 불시 및 정기 점검 시 적발될 경우「소방법」에 의하여 과태료 처분 대상이 되오니 통로 및 계단에 물건을 집 안으로 이동 보관하여 불미스러운 일이 발생하지 않도록 협조하여 주시기 바랍니다.

안내문
....

방화문을 열어놓는 행위와 계단 등에 자전거 물품을 내놓는 행위는 소방법 제10조 제1항에 의거하여 화재 시 피난에 방해되는 행위로, 세대 과태료 300만 원 대상입니다.

불필요한 금전적 피해가 발생하지 않도록 신속히 치워주시기 바랍니다.

* 최근 우리 단지에서 소방서에 지속적으로 복도 및 계단 적치물 및 방화문 민원인이 있어서 소방서에서 계속 과태료 단속을 하겠다고 합니다.

OO 아파트 관리사무소

태풍 피해 방지 협조 요청

. . . .

베란다 밖에 있는 화분 등 물건들은 내부로 들여놓으시기 바랍니다.

2022년 00월 00일

00 아파트 관리사무소

태풍 내습에 따른 안내

. . . .

태풍이 강풍을 동반하여, 00일 밤부터 00일까지 비바람이 강하게 불 것으로 예상되니 각 세대에서는 '아래'를 참고하시고, 유의·대비하시기 바랍니다.

—아 래—

1. 바깥에 둔 화분이나 기타 날아갈 것은 없는지 살펴보시고 들여놓아 주시기 바랍니다.

2. 각 세대의 모든 문은 닫아주시기 바랍니다. 문을 열어두게 되면 열린 문으로 바람 쏠림이 발생되어 유리, 문짝 파손 등 매우 위험하게 됩니다.

3. 베란다 쪽의 큰 통유리는 테이프를 곳곳에 X자로 붙여 유리파손에 대비해 주시기 바랍니다.

4. 태풍 때에는 꼭 필요한 경우 외에는 외부 출입을 삼가시고, 댁내에서 경보 방송을 청취하시기 바랍니다.

2022년 00월 00일

00 아파트 관리사무소

제00기 제00차

· ·

2022년 00월 정기 입주자 대표회의 개최 공고

우리 아파트 관리규약 제23조(회의 개최) 및 관계 법령에 의거하여 제00기 제00차 2022년 00월 정기 입주자 대표회의를 아래와 같이 개최하고자 하오니 입주자 대표께서는 바쁘시더라도 참석하여 주시기 바라며, 입주자 대표회의 운영에 관심이 있으신 입주민께서는 관리규약 제

24조에 따라 방청 신청서를 작성하신 후 방청해 주시기 바랍니다.

– 아 래 –

1. 일 시: 2022년 00월 00일 월요일   오후 7시
2. 장 소: 관리사무소
3. 안 건

제1호 안건: 기전실 구조조정 건

제2호 안건: 각 동 1층 에어컨 실외기 가림막 설치 건

제3호 안건: 도장공사 시뮬레이션 색채 선정 건

제4호 안건: 2/4분기 예산 실적 보고 건.

제5호 안건: 0000년도 외부 회계감사 보고 건

제6호 안건: 장기 수선 충당금 소액, 긴급사용 등 승인 건

2022. 00. 00.

00 아파트 입주자 대표회장 (인)

| 공고번호 | 입대 | 공고 일자 | 00월 00일 |
| | 2022년 00일 | 게시 종료 | 00월 00일 |

공사 안내문

·················

당 아파트 (101)동 (101)호에서 인테리어 공사가 시행됨을 알려드립니다.

소음과 분진으로 인해 불편을 끼쳐 죄송합니다.

죄송합니다. 불편하신 점 연락해 주세요~.

1일(철거) 2일(샤시) 3일(배선)으로 인하여 소음과 분진이 많이 발생합니다.

4, 5일(목공, 중문) 8일(필름) 9, 10일(타일) 15~17일(도배, 탄성, 위생기) 18일(장판)

19일(가구, 조명) 20일(청소, 마감)

*공정은 사정에 의해 변경될 수 있습니다.

*빨간색(소음이 심한 날)   *파란색(분진이 심한 날)

- 공사 장소: 101동 101호
- 공사 일정: 1월 1일~1월 20일
- 현장 담당자: 010-1234-5678

OO 디자인

안내문

·········

(방치 폐자전거 수거)

    우리 단지 내 설치된 자전거 보관소, 계단, 승강기 홀 등에 미사용으로 방치 및 고장 나있는 자전거를 아래와 같이 정비하고자 하오니 입주민 여러분께서는 처리 방침 및 일정에 유의하시어 협조하여 주시기를 부탁드립니다.

  1. 처분 대상 선별 방법

    관리사무실에서 신규 자전거 스티커 배부(관리사무실에서 직접 수령)

    배부된 스티커를 자전거 프레임에 부착

    부착된 자전거를 제외한 자전거는 수거하여 일정한 장소에 1달간 보관

  2. 정비 일정

    2022년 0월부터 수거

    스티커 부착이 안 된 모든 자전거

    추후 폐자전거 전문 수거업체를 통해 보관 자전거 처리(0월 0일)

2022. 00. 00.

00 아파트 관리사무소장

안내문
··········

쓰레기 및 물건 투하 절대 금지

최근 공동현관, 베란다 및 계단, 단지 내에 담배꽁초 및 쓰레기 등 물건을 투척하는 행위로 인하여 민원이 발생하고 있습니다.

물건을 투척하여 인명이나 차량 파손 시 민형사상 책임이 발생할 수 있으니 이웃 간에 불미스러운 일이 발생하지 않도록 주의를 당부드립니다.

2022. 00. 00.
00 아파트 관리사무소

오수관 막힘 안내문
·····················

세대 내 화장실 변기에 물티슈 등 이물질을 버림으로 오수관의 막힘 현상이 계속되고 있어 역겨운 냄새가 진동함은 물론이고, 통수공사 비용은 관리비로 전가되어 관리비 상승의 요인이 됩니다.

변기에 물티슈 등 이물질을 절대로 버리지 않도록 당부드립니다!

2022. 00. 00.
00 아파트 관리사무소

후면주차 금지 협조

....

차량 주차 시 수목 등의 보호를 위하여 반드시 전면주차하시기 바랍니다.

차량을 후면주차한 경우 주·정차 시 매연으로 인하여 화단에 식재된 수목이 고사하거나 벽면에 그을음 등의 흔적이 발생하고, 1층, 2층에 거주하시는 이웃 주민들이 매연으로 인한 고통을 받습니다.

쾌적한 주거환경과 이웃과의 화목을 위하여 협조하여 주시기 바랍니다.

00 아파트 관리소장

방문증

....

방문 일시: 2022년   월   일   (시~ 시)

방문 장소: 동   호(기타   )

연락처:

001단지 00 아파트 관리소장

주차 협조문

....

　이곳 주차 시 입주민과 차량 통행에 지장을 초래하오니 꼭 주차구역
으로 이동 주차해 주시기 바랍니다.

00 아파트 관리사무소

경고장

....

　00 아파트 주차 스티커 미부착 차량은 외부 차량으로 간주하여 주차
금지 스티커를 부착할 예정이오니 이동 주차하시거나 관리사무소에서
교부받으시기 바랍니다.

　입주민 차량: 관리소 스티커 교부
　방문 차량: 관리소 및 경비초소 방문증 교부

00 아파트 관리사무소

주차위반(빨간 접착제 스티커)

··

귀하는 주차 위반을 하였습니다.

단지 내 주차질서 유지에 각별한 협조를 하여 주시기 바랍니다.

*허가받지 않은 외부 차량은 단지 내에 주차할 수 없습니다.

*주차 시 다른 차의 진로를 방해하지 않도록 하여 주시기 바랍니다.

*매연과 소음의 방지 및 수목 보호를 위해 전면 주차하여 주시기 바랍니다.

2022.　 .　 .

00 아파트 관리사무소장